牛筋草

劉洪貞 著

牛筋草的韌性強，不怕踩踏，不怕連根拔起，還能絕處逢生。媽媽以牛筋草的精神，融入客家生活，用身教言教來教育著我們，陪我們成長。

父母的養育之恩難以回報
謹以此書獻給雙親
劉善平　先生
黃月雲　女士
感謝他們一生的愛和關懷

自序

讓風景變故事

劉洪貞

把走過的風景，透過書寫讓它變成一頁頁的精采詩篇，一直是我的堅持。

從前年底至今，全世界的人生活作息和一切的規劃，都被一場看不到的病毒攪亂了。即使它帶來諸多不便，但是也因此出現了很多溫馨畫面，大家認真戴口罩、勤洗手、減少群聚，只希望大家共體時艱，平安度過這個世界之劫。

在疫情下，我也發現人與人之間，雖然見面接觸少了，但是彼此關懷的心卻多了。在〈小動作，大溫暖〉、〈早安！您好！〉或〈我是農家女兒〉、〈說不盡的故事〉的篇章中，我都特意記下各種發自內心、有形無形釋出的溫暖和大家分享。

在去年除了疫情來襲，讓人惶惶不安之外，最最讓我難過的，是高齡老母的仙逝。雖然每個人都有離世的一天，明知這是自然的定律，是不可逆的事實，但是一年多過去了，我還是覺得媽媽一直在我身邊，常和我話家常，聊些五四三的趣事，一切和過去沒有兩樣。然而每每只看到她的衣物，又看不到她的人影、聽不到她的聲音時，那思念之心是痛徹心扉的。

為了懷念媽媽，感激她的養育之恩，這些日子來，我想到什麼，就隨手記下，就怕工作一忙，又把它擱下了。就這樣陸續地出現了〈天才老媽寫字趣〉、〈老媽的味噌湯〉、〈媽媽的老嫁妝〉、〈母女連線〉、〈牛筋草〉、〈一個沒有母親的母親節〉。而一個母親的仙逝，最難過的莫過於她的子女。弟弟省銘在傷心之餘，很少拿筆的他，也趁著夜深人靜時提筆為文，寫下對媽媽的無限思念和感恩。在字裡行間中，字字句句都充滿了為人子者，對慈母的敬謝和不捨。

除了對媽媽有說不完的謝意，對爸爸的思念我也不曾減少過。每次想起就把曾經擁有的父愛一一地敘述。〈少了湯的魚丸〉、〈用心良苦話父愛〉、〈是我爸教我的〉、〈養鴨歲月〉，都是嵌在心坎裡，難以忘情的濃濃父愛。

許多眼尖的讀者，常好奇地問我，為什麼我的書名都離不開父母？不是《最帥的父親》，就是《老媽的日記》，不然就是《媽媽的扁擔》，或是《阿爸的腳踏車》。每一回我都回答：父母的養育之恩，我難以回報，在他們最困頓的時候，還讓我進學堂認字。雖然我沒有高學歷，所學不多，但是我努力地把我所認得的字，很用心地把它組合，變成一篇篇文章刊登在報章，希望有更多的讀者，和我一起來分享我的幸福。

因為我有個好父母，他們給了我健康的身體，樂觀知足的心，還有最好的身教和言教，讓我終身受用不盡。也從他們身上發現許多寫不完的精采故事，讓我不斷地有新書出版。

很感謝揚智文化公司總編輯閻富萍小姐的協助，讓本書能順利出版。

另外，小女麗萍也幫忙封面繪圖，讓小書多份光彩，也要向她說聲：「謝謝！」

欣逢2022年春節，在此祝福大家新年快樂，萬事如意！

目錄

牛筋草

第二輯

第三輯

目錄

牛筋草

第一輯

平安

一個女婿半個子

才早上八點剛過，就看到四樓呂媽媽的女婿小強，背著行動不太方便的她下樓來，順便也把輪椅帶下來。呂媽媽告訴我，難得今天天氣好，小強請了假，要帶她去三峽媽祖廟拜拜，順便帶她去附近的登山步道，欣賞為期很短的柚子花。

小強會刻意請假，是因為柚子花每年只在三月開一次，花期只有兩星期，香氣是特別濃郁的，今年錯過就要等明年。小強知道丈母娘在喪偶之後，是靠著種柚子才把子女養大，所以對柚子有一種說不出的感激情懷，因此每當柚子花開時，他一定會陪丈母娘去欣賞柚子花，讓她開開心。

提到小強，住在附近的鄰居都會說一聲：「他是難得的好女婿。」即使他已經和呂媽媽的女兒結束了婚姻，但他還是和過去一樣孝敬呂媽媽。

呂媽媽的女兒失婚後，留下一個五歲的女兒給小強，自己就嫁到對岸去了，難得回來。而原本和呂媽媽同住的兒子，因生意失敗，房子遭法院查封之後，就從此人間蒸發，為此呂媽媽還做過傻事，幸好遇救。

小強知道呂媽媽的遭遇後，把她接過來和自己及女兒同住。一開始呂媽媽不願意，她認為自己無臉住在這個「前女婿」家。但是小強誠意十足加以說服，他覺得自己的父母都不在了，如今家裡有個媽媽，對他們父女來說，不僅多了一個伴，還會讓家裡熱鬧些，這是多麼幸福的事。

呂媽媽就在盛情難卻之下，住進小強家。十幾年來大家看到小強對呂媽媽無微不至的照顧，都說呂媽媽有此兒子是好福氣。這讓呂媽媽承受很大的壓力，她才說出真相。

有人說：「女婿是別人家的兒子，岳家人不能抱什麼希望。」而我卻說，每個人的心態不同，想法不一樣，只要能力許可，女婿也同樣可以盡孝道，不是嗎？

110.3.12《人間福報》

一盒喜餅

昨天下午三點多，門鈴響了，我開門一看，是一對眉清目秀、喜洋洋的年輕男女。

因為我不認識他們，所以問：「請問要找誰？」他們異口同聲的答：「阿姨，就是要找您呀！」結果我不解地表示：「我們真的不認識，會不會是找錯人了？」

他們看我真的對他們沒有任何印象，於是告訴我，兩年前的夏天，他們來爬「象山」時，忽然下雨了。我就拿了兩把傘借他們，並告訴他們，下山時若雨停了，就把傘放在我家門口。若雨沒停，就把傘撐回家，不用刻意拿回來還，我們家傘很多的。

他們邊說我邊想起那個畫面，是有這件事。由於我家就在「象山」登山口附近，偶爾看到有人來爬山忽然下雨又沒帶雨具，我都會順手送上一把傘，並把前面那段話說上。因為來爬山的人很多，有國內的也有國外的。怕他們拿了傘有壓力，所以我一律說我家傘很多，讓他們放心地去爬山。

或許我經常做這件事，事過境遷就忘了，沒想到這對年輕人會牢記在心。聽說那是他們第一次約會，相約來爬「象山」，沒想到天公不作美，才到山底下就下雨了。正在猶豫要不要上山時，我就及時地送上兩把傘，讓他們有個難忘的「象山」雨中行。

也因為這個機緣，讓他們兩年來交往順利，也在前兩天互訂終身。為了感謝我，特別送來一盒喜餅，讓我沾沾喜氣。我除了感謝他們的貼心，也獻上最深的祝福。

真沒想到一個舉手之勞，就促成了一段美好姻緣，真的很歡喜。

109.10.26《聯合報》，109.12《講義》雜誌轉載

一撮花生米

上個週末，去參觀農會舉辦的農產品展示會時，看到許多新品種的農產品被展示出來，熟的、生的、見過的、沒見過的，多得不勝枚舉。

在所有的展示品中，我最喜歡的還是玻璃瓶子裡裝的花生米。雖然它不是什麼新產品，卻是我的最愛。小時候家裡孩子多，父母養家不容易，三餐簡單度過，只求溫飽，難顧精緻。因家裡田地少，勤快的媽媽只好在河邊的畸零地上，種些當季的蔬菜供全家人食用。入秋時節偶爾還會種上一些花生，因為種的有限，所以我家能吃到花生的機率屈指可數。

由於花生是可以保存的，所以在農家很受歡迎，只要有空地都會種。在還沒有冰箱的年代，花生收成時，需要久放的就把它連殼一起曝曬，曬乾後用麻袋裝起來。需要用時再剝殼，要多少就剝多少，要炒要煮自己拿捏。一般家庭最常把花生炒熟後，放入玻璃瓶子中，用餐時每人一小撮配飯，這在當時的環境，有花生配飯算是奢侈的。

我念小學時，和我同座的小春家裡田地多，每年都種很多花生，她家終年都有花生吃。因她知道我的家境，又知道我喜歡花生越嚼越香的滋味，所以每天午餐時，都會從袋子裡抓一撮花生米放在我的便當裡，讓我有個豐盛的午餐。

雖然我喜歡吃花生，但是我不喜歡這樣平白無故地接受。就在我不斷地拒絕下，她想了一個兩全其美的方法，就是要我利用週末到她家「幫忙」拔花生。沒想到我每次去「幫忙」時，她都把我拔的花生統統讓我帶回家，讓我們全家都能享用。對於她的這份情，我是一直銘記在心。

婚後我們在台北相遇，她夫家環境雖不寬裕，但還是經常送我花生。為了感謝她能記住我小時候的喜愛，只要她遇上困難，我都真誠相助。

這些年她健康頻出狀況，為了怕我擔心，她總是隱瞞著。前陣子才一個星期沒聯絡，卻接到她兒子來電表示，她因摔跤造成昏迷。我趕到醫院，把磨好的花生粉伴在稀飯裡，一匙一匙地往她嘴裡餵時，她緊閉的雙眼慢慢地張開，還滑出眼淚……。我知道她明白我的心意，鼓勵她一定要加油。

如今一個月過去了，她的身體奇蹟似地已慢慢在好轉，我相信她一定能恢復健康，因為我們還要共同吃花生。

109.10.27《人間福報》

一塊錢

一塊錢掉在地上，或許有人連停下腳步彎個腰去撿都懶得做，因為它買不了東西。然而那天我卻因為少了一塊錢，窘的手足無措，百般無奈。

那天出外辦事，因人少一切順利，比預期的時間少了一個半小時。為了善用這多出來的時間，我想到圖書館看看書，希望透過文字的溫暖洗滌，讓幾個月來陪外子數次進出醫院，而造成的精神緊繃，可以舒緩放鬆。

或許是有太長的時間，整天憂心焦慮，所以看到的文章，都感覺特別溫暖和窩心。於是想影印回家，好讓自己隨時可以溫故而知新，感受那份無形的滋潤。

當我拿著一張報紙副刊，請服務員幫我影印時，她要我出示悠遊卡用卡付費，我表示身上沒有悠遊卡，問她是否能付現金，她回答：不能！一定要用悠遊卡。聽她這麼說我很無奈，因為要回家拿卡，來回需要一些時間，這在當時的我是有困難的，天要黑了，家裡還有病人等著要吃飯。

當我如鬥敗的公雞尷尬地低著頭，要把報紙掛回報架時，一位大眼睛著白色運動服的長髮美女走過來。她或許聽到我和服務員的對話，她連忙告訴我，她有悠遊卡，願意讓我刷一下。

她的話讓我眼睛一亮，連忙向她鞠躬致謝，謝謝她的體貼相助。沒想到她嘴角微揚，慢悠悠地說：「也不過是一塊錢，就不用謝啦！」

雖然她說得雲淡風輕，但我還是告訴她，這個一塊錢對我來說是何等的重要，對她的及時相助，我又是多麼地衷心感激。

一塊錢就是這樣，面值小，沒什麼大用途，但是某個時刻它卻能小兵立大功，帶來震撼，讓人刮目相看。

109.9.16《中華日報》

早安！您好！

自從疫情嚴峻以來，大家為了安全都盡量少出門，採買日用品，都以一次買足為基本原則，這樣每買一次就可以休息好多天。

因為大家都守在家裡，所以鄰居們就變得難得見面了。偏偏我家住的巷子裡，以獨居老人居多。有的子女住國外，要回來看顧一下非常困難。有的雖然住國內，但是為了大家的安全，也很少回來。在家人無法就近照顧下，我們大家發揮「關心近鄰的運動」。每天早上七點一到，大家一通電話報平安，順便問問有什麼需要幫忙的。畢竟在市場管制人流的狀況下，哪家臨時缺什麼，會因雙號單號帶來不便。

例如，今天是星期二，樓上的陳嬤嬤，身分證末碼是雙號，可以上市場採買。若誰家有需要帶些蔬果，她就可以順便帶回來。每天我們就以單號或雙號，發揮採買的機動性。若有人想訂餐，也同樣會問一下誰有需要。只希望利用這個方式，大家可以就近互相照顧，讓外出的機會降至最低。對採買我們是這麼做的。

另外，由於大家都宅在家，無形中多出很多的時間，於是我們趁此時間學習蒸饅頭，做包子，善用家裡原有的食材，做出食物分享鄰居。把麵粉加點水和酵母，加上冰箱裡現成的核桃、枸杞、葡萄乾，搓揉發酵後，捏好大小形狀就放入電鍋蒸，很快地一個個胖胖的饅頭，就香氣四溢了，大家分著吃，既營養又衛生，真是皆大歡喜。

今天樓上蒸饅頭，明天樓下蒸蘿蔔糕，後天又有人煮油飯或包餃子，就是希望大家在疫情肆虐下，還能過好每一天，讓身體健康。

為了對抗疫情，為了關心彼此，我們每天從「早安！您好！」拉開序幕。

110.7.29《人間福報》，本文入選「疫情之外」徵文

小動作，大溫暖

在疫情蔓延，國人連夜排隊買口罩的時刻，我看到這樣一幅美麗的風景。

週末早上的菜市場，儘管氣溫突降到十度，但是採買的人還是很多。入場口站著一位八十多歲、滿頭白髮、獨腳拄著拐杖、拿著一個粉色小盆子的老阿伯，不停地向路過的人點頭。

有看到的人會順手給個打賞。他也會氣若游絲地說：「感謝你們願意幫助我。」就在人來人往時，有個穿著簡樸、個兒矮小、戴著藍色口罩的阿嬤走了過來。她先把百元鈔放入盆子，然後對他說：「阿伯，菜市場人這麼多，天氣又這麼冷，您要戴上口罩比較好噢！」老阿伯聽了很尷尬地回答：「是的！是的！很對不住啊！我口罩不知掉哪兒去了，一時找不著。」

這位阿嬤聽了，連忙從包包中抽出兩片口罩說：「這是我剛剛去領的，就送給您用吧！」阿嬤把口罩交給他後，又另外取出一片幫他戴上。那動作雖然有點遲緩，但在此時此刻感覺特別的神聖和溫暖。

想想，阿嬤送出的不只是薄薄的口罩而已，還有一份最誠摯的關懷。

109.6.1《聯合報》

他是我公公，不是小偷

在老人社會裡，除了經常聽到親朋好友家的老人，因失智或失能，家裡即使有人在身旁照顧，還是會狀況百出，做出許多令家人哭笑不得的動作。其實這些老人，一旦離開照顧者的視線走出家門，也會不知不覺地做出脫序的行為，讓家人為難。

星期天的早上，菜市場的人總是特別多。我不缺什麼，只是運動完要回家正好經過。

左閃右閃地才走過幾攤，就隱約地聽到有位先生在大小聲，是帶著怒氣的吼，而不是帶著詼諧大特價的那種叫賣聲。我越往前走聲音越大，老遠我看到一位穿著黑色背心、背心上印著骷髏頭、頭頂綁著一撮小馬尾、約三十出頭、在賣包子和饅頭的年輕人，正推著一位八十多歲、兩眼無神、穿著黑色夾克的阿伯。

他邊推阿伯邊罵三字經，還說阿伯一大早，他都還沒開市，就偷拿了他的包子吃，真是太離譜了。或許是他嚷嚷得太大聲，隔壁的攤商紛紛走過來看熱鬧，大家左一句右一句的指著阿伯，說他年紀不小了，怎麼好意思偷拿人家的包子。有人說該報警，讓警察把他抓去關上幾天。有人說這種人就是欠打。說時遲那時快，一臉怒氣的年輕人一衝動，就往他右臉揮上一拳。

阿伯挨了一拳後有點踉蹌，當年輕人要揮第二拳時，正好被一位高個兒的先生抬手擋住了。這位先生說：「他沒給錢就拿包子吃是不對，但你怎麼不問問他，為什麼敢在大庭廣眾下隨便拿人家的東西呢？說不定他有什麼隱情，問清楚了再處理，總比因誤會而傷了人更合理。」此時年輕人聽了，或許覺得有道理，就放下了拳頭，周圍的人也異口同聲表示贊同，並想聽聽看阿伯怎麼說。

於是有人問阿伯為什麼不給錢。阿伯如驚弓之鳥，縮著脖子兩眼直視。就在大家議論紛紛時，有個穿黑色毛衣、長髮披肩的女孩衝了過來，她拉住阿伯的手，哽咽地說：「爸爸，您怎麼跑出來了呢？急死我了……。」

這時揮拳的年輕人趁此機會，把先前發生的事詳細地向女孩說了一遍。女孩聽了之後不斷地向大家鞠躬道歉，並且說：「他是我公公，不是小偷，半年前婆婆過世了，公公打擊過大，才幾天工夫就失智了。只記得婆婆在世時，常帶他到菜市場買包子吃，所以他只要看到包子，就會拿來吃，他根本不知道這是要付錢的。」

平常她都會帶他出來買菜，讓他走走路，看看市場的熱鬧情景。剛剛她在後院晾衣服，沒想到一會兒功夫，公公就自己開門跑出來了。她邊說邊安撫一臉茫然的阿伯，也願意付給老闆阿伯吃掉的包子錢。

聽她這麼說，圍觀的人紛紛搖頭離去。雖然大家很同情阿伯的遭遇，卻愛莫能助，畢竟這是老化的過程，是不可逆的。而那位先前揮拳的賣包子年輕人聽了，很尷尬地低下頭。或許是他自知理虧，不分青紅皂白就出手打人，於是包了好幾個包子送阿伯，讓一場誤會結束。

想想，在越來越多失智老人的社會裡，要是大家能多費點心，多付出關愛，讓這樣的情形不再發生，那將會是老人們的福氣啊！

109.3《警友月刊》雜誌

古井風情

知道老家後院左側已一百多歲、餵養我們劉家數代子孫的古井，因土地重劃必將消失，心裡特別難過。而許多的古井往事，卻如倒帶般不斷地湧上心頭。

過去在貧窮落後的客家村，每個三合院裡，通常都會有一口井，供全夥房的人食用。我家後院的那口井是圓形的，約一米高，直徑也約一米，水質清甜，是紅磚疊成的。外圍鋪上水泥很光滑，可防止小朋友攀爬，內面磚與磚的接縫有長些小草和綠苔，偶爾會停著一兩隻小小青蛙。

從六、七歲開始，我每天下午放學後，會拎著兩個大的奶粉空罐子到井邊打水。井高到我胸前，我只好拿來小板凳墊腳。把綁著長麻繩的奶粉罐往井裡用力一甩，看到桶裡的水滿了，就用力把它拉起放井邊，一桶打好就換另一桶，兩桶都裝滿了，就把它提回家倒入廚房水缸。

天天要來回很多趟，才能把水缸注滿，這樣媽媽下田後就可以洗米做菜，還可以讓一家八口食用和洗澡。

雖然用三磅的罐子裝水看起來不多，但是一次提兩桶對小小年紀的我，常因雙手擺動不平衡，而不只一次地摔到鼻青臉腫。

每天傍晚家家戶戶都會有人來打水挑回家備用。我年紀小動作慢，堂姊、堂嫂們常幫我忙。她們桶子大，一桶提上來正好倒滿我的兩小桶，讓我省了很多力氣。

由於井邊的四周都鋪著水泥很平整乾淨，旁邊還有一棵大榕樹遮涼，所以夥房裡有人嫁娶要辦桌宴客，就在井邊煮料理。每一回總鋪師會臨時組裝三個大灶，分別處理不同食材。女眷們負責打水洗碗盤、挑菜、切菜，整個井邊因喜事而忙碌。

每次辦桌時，我們這些小朋友最愛跟前跟後，還好奇地問東問西。他們經常利用空鍋的空檔煮一鍋湯圓，讓我們甜甜嘴。

在這兒除了可以辦桌煮食之外，每當缺水時節，婆婆媽媽們都會在這兒洗衣、話家常。院子裡不管悲喜的消息也會從這兒傳出，哪家母牛生了小牛，哪家女兒要出嫁，哪天晚上廟口會放電影等等，總之這裡就像轉播站。

夏天天氣熱，爺爺奶奶們常拎著大澡盆帶著小孫子到這兒戲水洗澡，到處充滿笑聲。而在田裡種作、為生活打拚的叔叔伯伯們，也會在下工時，來這兒沖個涼，洗去滿身的疲憊與汗酸，帶著輕鬆的心情回家。

當我念初中時，家家户户開始裝馬達，把水管直接深入井裡，需要用水開關一按，水直接進入廚房的水缸，十分方便。約十年前，村子裡開始有了自來水。它帶來方便也改善了生活方式，嫁娶宴客都在飯店而不在井邊，洗衣服由洗衣機代勞。至此古井就功成身退，而所有的古井風情，就成了過去的故事。

如今陪伴我們成長的古井即將離開，除了不捨，還有無限的思念。畢竟它曾是我們劉家生命的依附，也曾帶給我們許多溫暖有趣的美麗故事，怎能不懷念呢？

109.12.2《中華日報》

用心的人會被看到

雖然每一期收到《講義》，我都會從第一頁看到最後一頁。即使大部分都是分次看完，因俗事纏身，不像年輕時，拿到書就一口氣把它看完，看到天亮也沒關係，白天再補眠就好。

現在不同了，有工作要做，有孩子要照顧，有家人等著要吃飯，所以我只能利用零碎的時間來閱讀。儘管如此，看到好的作品，我還是會一看再看，感受那份悸動。有時怕看過忘了，還會記下特有感覺的那段，好讓日後可溫故而知新。

印象中最令我記憶深刻而經常會回憶的是，第三百九十四期的〈修靴師傅〉。文中敘述一位溫良和善、充滿暖意和信心及對信仰堅貞的修靴師傅，在樸實無華的小角落，用巧手為走過千山萬水的歲月、已疲倦頹唐的各類鞋子恢復光彩，來延長主人對它們的深深不捨和珍惜。

雖然，店沒有霓虹廣告，沒有青春貌美的艷惑，也沒有震天價響的配樂，但是就以一顆真誠之心、染黑的十指，溫暖照顧著那一雙雙功成不居、風塵僕僕的腳底基石。

而師傅不僅有巧手，也能從各款待修的鞋子中，看出主人的走路姿勢及生活心態，並從中悟出生命的道理。

例如，一雙鞋子左右腳的鞋跟，被磨成高低不同時，他認為它的主人走路一定扭動搖晃著，是不平衡的。這種人心急，走得快卻不穩，心態上是不容易知足的。他覺得這樣的人，即使賺了全世界，卻失去了自己，那會有什麼意義呢？

而一雙裸露整片腳背，僅用一條繩子綁著，空露著一抹性感慵懶，卻常讓腳板子不小心打折扭傷的鞋子，師傅認為漂亮不如包覆性重要，流線美卻不能保護腳，這樣的鞋子不穿也罷。

他就是這樣，用專業為顧客服務，從不同的經驗中分享他的人生哲理，讓光顧的客人也能享受藏在鞋子裡的精采生命故事。

喜歡再三地閱讀這篇小品，是因為自己一直在做女裝的修改工作。過去我常會因沒耐心，而疏忽許多細節，就像某個接合處該先熨平再壓線，這樣線條會更突出明顯，而我常因偷懶就省掉這道手續。

自從讀了此文，看到師傅耐心地為鞋子膠貼、修型、打磨，重新賦予鞋子新生命之外，也給予陪伴主人的厚實可靠時，我也學著耐心、認真把每個部分做好，希望衣服的主人穿上了，就像穿新衣一樣美麗舒適。

另外，我也學著透過衣服去瞭解主人的心性。有些衣服是舊了，但是它乾淨平整，扣子也完整，相信它的主人是知福惜福之人。有些衣服還很新，卻有不少小小的破洞，我相信它的主人八成是粗心癮君子。有時我也從衣服散發出的氣味，來瞭解主人的工作性質。

總覺得不管從事任何行業，都要專業用心。即使在樸實無華的角落，同樣會被看到，被肯定的。

109.9《講義》雜誌，應徵「講義雜誌文章的啓發和影響」入選

平安

剛來台北那一年，我租屋在通化街的小巷裡。有一陣子一連幾天，我都會聽到隔壁房小朋友的哭聲。有天我好奇探頭看，見到一位媽媽抱著孩子在哭。

我問她：「怎麼啦？」她邊抹眼淚邊說：「孩子發燒兩天了，沒錢看醫生……。」我沒等她說完，就問她看醫生要多少錢。她回我：「二十元。」我連忙把口袋裡那張五十元紙鈔給她，要她趕快帶孩子去看醫生。

這件事過後我就忘了。直到有一天我工作回來，房東太太交給我一封信，說是隔壁阿妹仔，早上搬家時請她轉交給我的。

信裡寫著感謝我，在她最困難的時候伸出援手，無奈沒有錢可以奉還。如今要搬家了，只好把身上最貴重的、刻著「平安」的小玉佩送我，希望我永遠平安。

這塊玉佩幾十年來我都掛在脖子上，朋友看到都說很漂亮，問我是不是很貴，我的回答總是：無價。

110.1.9《聯合報》，本文入選「幸運小物」徵文

本文被《講義》雜誌110.4轉載

本文被「中國新聞網」110.4.29轉載

加油！明天會更好

儘管疫情當前醫院管制甚嚴，要看病很麻煩，但是家裡有人生了病，還是得到醫院就診。

那天醫生排好下午三點，要幫外子做心導管治療，預計約三個小時可以完成。治療室外面是長廊接電梯，一邊是加護病房。他進了治療室後，我這個做家屬的就在門外等。

因是非常時期，醫院的病人少，探病及陪病的也都少了，所以長廊上除了偶爾看到一兩個醫護人員路過之外，少見人影，尤其是工作人員下班之後，靜得像無人世界。

時間一分一秒地過去，病人並沒有在預計的時間出來，這讓我原本焦慮恐懼的心更加的沉重，滿腦子都浮現一些不樂觀的畫面，越想越害怕。就在我無助害怕時，忽然看到一位穿著綠領、深淺灰色相配的T恤上衣、高高瘦瘦、戴著眼鏡的年輕人走過來，要去搭電梯。

看他的制服是醫院專門推病床的工作人員。他邊走邊哼著「明天會更好」的歌。忽然聽到這首耳熟能詳、充滿勵志的旋律，我為之一振，心情從沮喪失望到充滿希望。我連忙向他點頭，謝謝他在這個時候，讓我聽到這樣充滿能量的歌。他也點頭回說：「加油！明天會更好。」還做了一個握拳的手勢。

當他要進電梯前，又向我重複說了這句話，讓我信心大增。電梯門關了，卻關不住這句話對當今全世界所有抗疫的工作人員，所帶來的正能量，那是一份無形的鼓勵和關懷。

多麼希望在所有人的努力下，明天真的會更好。

109.7.15

在慢中求穩

記得第一次去考機車駕照時，我是沒過的。不是我沒打方向燈，也不是我忘了擺頭看左右方，而是我速度沒控制好，衝太快了。

由於考駕照的人很多，大家難免在考場邊討論經驗。有位大一的帥哥告訴我，要慢中求穩。放慢速度時，穩定性就高，坐穩後再一步步地往前移，就不容易出錯。結果下次再考時，我就用它換取了駕照。

自從有了考駕照的經驗後，不管做什麼事，我都會減慢速度。熬綠豆湯時，我多花十分鐘讓它多燜一下，湯就特別濃稠好喝。做上衣裙子時，我多花一道手縫，把兩邊固定好再車縫，結果平整好看。寫文章時也不急著寄出，多看幾遍多修改，會順暢很多。

想想，今天我可以把很多事做好，是考駕照的失敗經驗為我帶來的養分。

109.10.29《聯合報》，本文入選「經驗的養分」徵文

好習慣要從小養成

家裡來了兩個三歲和五歲的小客人，兩個小兄弟玩著玩著吵著要尿尿。我怕他們太急尿了出來，於是把他們分開在不同的洗手間，沒想到他們吵著就是要在同一間方便。

三歲的弟弟尿完後，順手拿了一張衛生紙把下體擦乾，接著又拿了一張衛生紙把馬桶的周遭擦一下，然後墊著小腳想要按水沖馬桶。看著小小年紀的他，居然能不疾不徐地做這些動作，讓我很意外也很驚訝。即使每個動作都做不完善，需要我從新處理，但是他能記住尿完了要順手做這些，我已經非常感動了。

弟弟尿好了換哥哥，他尿完後也像弟弟一樣，做出同樣的流程。看著小兄弟這麼丁點大，做起這些卻是這樣的認真，一點都不馬虎。我忍不住地問起他們的阿嬤是如何訓練他們的。

從事教育退休的阿嬤告訴我，一個人的衛生習慣要從小養成。一開始或許會很辛苦，畢竟孩子小，有些事會做不好，但是只要大人耐著性子，不厭其煩地多教幾次，多示範給孩子看，孩子很快就學會了。

在家裡她是這樣教孩子，在學校她也是這樣教學生，結果效果一樣的好，因為大家都養成好的衛生習慣，就會有健康的身體。

109.3.4《國語日報》

有酸有甜話擺攤

拜讀完六月二十四日夜神月的大作〈擺攤大小事〉，我忍不住地笑了。畢竟，擺攤的歲月裡有許多眉眉角角，是有不足以外人道的酸甜。

多年前因兩個孩子在國外念書需要學費，我這個做娘的除了節流外，必須設法開源。我要上班，只好利用午休的兩個小時和假日，去擺攤做生意。

所以會選擇擺攤，是因為不需要大成本，而且天天有現金收入；更重要的是，擺攤的點機動靈活，哪邊有生意就往哪邊去，不像開店固定在一個點上。

由於我學過拼布，自認做得還可以，於是我選擇自做自銷。為了讓自己的產品有特色，與眾不同，還不撞包，好滿足客人那種「只有我才有」

的優越感，所以我從選材料到製作的款式都很慎重。每天忙完白天的工作，夜裡就得在針線中來回，用心地完成每個獨一無二的產品。我只希望買到我包包的人是開心愉悅的。

每款只做一種花色，而且價格很大眾化。即使如此，還是有客人會說：「老闆娘，一條拉鍊沒幾塊錢，布也很便宜，為什麼一個包包要賣好幾百塊呢？妳就算便宜一點嘛！好不好啦？」

遇到這種一直跟我盧的客人，我雖心裡不舒服，但總覺得和氣才能生財，於是耐著性子解釋我定價的原則。即使對方執意要殺價，所提的價錢又不夠成本時，我就不賣。不過買賣不成仁義在，我還是很感謝對方的光臨。

做生意什麼客人都會有，需要耐心和毅力克服。愛殺價或許是一種文化或習慣，我也深知這是客人的權益，所以只要不離譜，我一定把貨賣出去讓錢進來。儘管殺價的客人不少，但是也有很阿莎力的，只會在結帳時說：「老闆娘，我知道做拼布很辛苦，可是我一次買這麼多，妳就打個折吧！」

對這種貼心的客人，我一定如她所願。通常我不打折，而是送她幾個和她買的同樣色系的小錢包，我認為這樣比較實際。因為她每次使用時，就想到這個是送的，那感覺會特別不一樣。

擺攤就是這樣，在應對進退中摸索學習，從不同的客層中集思廣益，瞭解市場的動態及流行的趨勢，也在和客人的互動中，學會人情世故。

許多人知道我會做包包，偶爾會要求幫忙改件衣服或換個拉鍊，每一回我都婉拒了，因為我真的很忙。

儘管如此，還是有破例的。有個冬天的早晨，一位六十多歲、穿襯衫牛仔褲的先生站在我攤前，點頭打招呼後，從背包裡拿出一件很舊卻洗得很乾淨的綠黃紫三色混搭夾克。

他表示，這是三十多年前，太太第一次送他的生日禮物，後來她因難產走了。他很感謝太太用生命幫他換了兩個兒子（現在都在當醫生），也懷念太太的一顰一笑，所以始終保留著這件夾克，想念時就拿出來看看。

如今拉鍊壞了，卻找不到可以換的人，他希望我能幫個忙。拉鍊換好後，他就可以隨時穿在身上……。看他百般不捨地說著對太太的思念，我怎能忍心拒絕呢？

我常想，擺攤雖不易，卻能看盡人間百態，也可以從不同的客人身上，學到很多書本裡學不到的東西，所以即使備嘗艱苦，我也甘之如飴。

109.7.27《聯合報》

考駕照

朋友來電問我最近在忙什麼，我回答：在考普通重型機車駕照唄！

她聽了啊一聲之後說：「什麼呀！都七十幾歲了，還考什麼駕照，你也太自討苦吃了吧！」

我告訴她：無照駕駛是違法的，再難再麻煩，我都要考取駕照才能上路，這樣才利人利己。由於過去三十幾年來，我都騎50CC的輕型機車。前陣子有十多年車齡的老爺車忽然壞了，找不到零件可換，因為這種輕型機車已停產了，在不得已之下我只好換125CC的普通重型機車。因輕型的駕照已不適用，所以必須考新的駕照。

她接著問：「那考上了沒？」我告訴她：「我是考了五次才過關，算是最牛的考照者。」她聽了哈哈大笑後，忽然停了下來，大概被這驚人的數字嚇呆了，頓了一下後說：「妳也真的有夠牛，居然可以為了一張駕照奮鬥不懈，不考上不罷休。」

因她很想知道我是怎麼辦到的，於是我告訴她，儘管考駕照可以一星期考一次，但是現在採取網路預約報名，因報名的人太多，通常一個月才報得上名。為了能盡快拿到駕照，我要求我的工作老闆每星期給我兩個半天的假，去監理所練騎。

因台北市只有士林監理所可以考，而且在每天早上考前一小時，有開放場地讓考生熟悉一下環境，因練騎的人多，每個人只能練四至五趟。我家住東區，騎車到那裡需要一個多小時，於是每次為了練騎那四五趟車，我得來回花三四個小時，但是我還是堅持到底。

不知是不熟練，還是得失心重，抑或我事前沒做好準備，所以我只要一上考場就緊張得不知所措。即使我有三十多年的騎車經驗，也是枉然。

記得第一次是網路報名的，我沒做任何準備，到了現場試了兩趟後就開始考試了。一路騎騎騎，到待轉區就被喚回，主考官拿著我的報名表還我，並告訴我下星期再來。我心想再來一次無所謂，也沒問錯在哪裡，要如何改進。

一次的失敗並沒有讓我警惕，要好好地檢討失敗的原因，專門針對錯誤來補救。一星期後我去試騎時，因下雨天有人沒來報到，於是有幾個遞補名額可以臨時報考。為了不放棄這個機會，在事前沒做好功課下，我臨時上陣。第一關是七秒以上的直線行駛，而我卻只用了六秒，就因為一秒之差而飲恨。

第三次和第四次去考時，我雖一路順暢，感覺沒有違規也沒有壓到線，主考官卻說我有些地方扣分了。我很難過，覺得自己該做的動作都做了，怎麼會這樣？主考官看我一頭霧水，指著變換車道的斜線和虛線部分說：「那段都要左右擺頭看照後鏡，還要打方向燈的，而妳卻沒有做。」他的話一字字地戳著我一片空白的腦袋，至此我才知道，原來我是栽在「變換車道」上。

由於我平時騎慢車道，除了右轉就是到待轉區左轉，印象中就沒有變換過車道的情況，也沒看過那些斜線和虛線，大概就是這樣所以疏忽了。

知道自己失敗的點之後，我努力練習並謹記在心，第五次上路時就一切順利了。

朋友揶揄我是最牛的考照者，我樂於接受。不過從幾次的經驗中，我也學到很多。例如，做任何事沒有一蹴可幾的，事前要多做功課，對很多細節要謹慎地認清楚看明白。另外，實際的操作也很重要，要不斷地反覆練習，而且速度一定要慢。當一切熟練之後，成功的機率自然就提高了。

109.12《警友月刊》雜誌

快喲！我們要去吃桌囉！

住南部的同學來電說，過完年她家村子因媽祖遶境，而她家是今年的爐主，所以要辦桌請客，希望我們全家務必賞光，去她家「吃桌」。

對我來說「吃桌」已是好久好久以前的事了。小時候住在離家三公里遠的姑婆家，每年媽祖生日，都會殺豬宰羊，祭拜後就辦流水席。因為我們劉家是姑婆的娘家，所以姑婆的子女，每到辦桌的前幾天，都會拿著香菸來邀請我們去「吃桌」。

「吃桌」的當天，天矇矇亮，老祖母早已穿戴整齊，把紙傘夾在腋下，然後在三合院的稻埕上大喊：「快喲！我們要去吃桌囉！」我們堂兄弟姊妹，還有隔壁夥房林屋或陳屋的孩子，只要聽到祖母的呼喚，都爭先恐後地跑來集合。因為大家為了要去「吃桌」，高興地都睡不著，天沒亮就起床等。大家都到齊後，由祖母領軍的「吃桌」團就浩浩蕩蕩地出發了。

由於路途遙遠，加上都是泥巴石頭路，我們又沒鞋子穿，所以走路不快，必須透早出門才能趕上開桌。當時馬路的兩旁野草叢生，大家一會兒看花、看蝴蝶，一會兒拿石頭亂丟。有位林屋的小兄弟是過動兒，他有個綽號叫「猴咕嘮」，也就是愛調皮搗蛋的暱稱。他一路上不是用手或腳去撥弄路邊的含羞草，就是往前跑一大段路後，又坐在路邊等我們。

他一直都掛著兩行透明的鼻涕，有時玩累了深深一吸，就把鼻涕吸進嘴巴；有時提起袖子，就把鼻涕抹在袖子上，所以他的袖子都沾滿鼻涕。男孩就這樣邊走邊玩，女孩乖巧緊跟在祖母後面。

當我們一群人到了姑婆家，她的兒子媳婦就在大門口相迎，然後一聲令下，廚房的師傅便開桌上菜。雖然滿桌的大魚大肉好豐盛，但是我們這群蘿蔔頭就是坐不住，隨便喝碗魚丸湯，就離開桌子到處亂跑。因為我們難得去到那麼熱鬧的地方，有吃有喝還有酬神的野台戲可看。

因每年的酬神主題不一樣，所以戲碼也不同，有時是布袋戲，有時又是皮影戲或歌仔戲。但對我們這些好奇、愛看熱鬧的孩子來說，即使看不懂台上在演什麼，也要四處竄竄，感覺一下歡樂氣氛，看看有沒有一些奇特好玩的發現。

當大家跑累了，跑餓了，雖然滿身大汗，但是又回來桌前，坐在椅子上繼續吃大餐。當夕陽將西沉時，老祖母要我們列隊向姑婆致謝，感謝他們的款待，讓我們吃得開心，玩得盡興。當我們一個個走到姑婆面前向她一鞠躬時，她會摸摸我們的頭，然後發給每人一張一元藍色紙鈔。

當我們行禮過後，要出他家大門時，他們又送上每人一大塊用藺草綁好的豬公肉讓我們提回家。在回家的路上，我們因為高興，所以哼著歌兒又跑又跳的，直到進入家門。

幾十年前，在鄉下能酬神辦桌是富裕的象徵，客人來得越多，表示主人人氣高，人緣好。姑婆家富甲一方，而且樂善好施，每年利用媽祖生日，辦流水席讓親友們相聚是展現大器與豪邁，所以親友們都很樂意地接受邀請。而我們這些孩子就是高興地「愛跟路」，因為可以享受到那難得的趣味。

109.4《警友月刊》雜誌

這份工作不屬於我

我一直喜歡做小生意，它成本低又每天有現金收入，對小康家庭來說是個好選項。幾年前，原本在經營小麵店的朋友，因身體出了狀況想要休息，希望把店面頂讓給我。

一開始我有動心，覺得她做久了，有基本客源在，另外頂讓金還在我能力之內，尤其是它離我家很近，工作很方便。

雖然這些基本條件都能為我帶來優勢，但我覺得還是要慎重。畢竟隔行如隔山，想像和實際畢竟不同，落差大了必定會失敗。於是我要求先到麵店幫忙幾天，先瞭解一下環境再做決定，免得以後後悔。

從第二天開始，天矇矇亮我就跟著朋友拖著菜籃車到菜市場採買。回到店裡後，匆忙地吃完早餐，就開始整理剛買回來的食材。要清洗的，要切塊的，要滷煮的，都要準備好。用餐時間一到，客人陸續進門後，要點餐，要結帳，就忙得團團轉。當客人離去後，還有一堆的碗盤要清洗整理。

我在一旁看他們夫妻忙得沒時間吃飯，還一身油膩，滿臉倦容。我知道這份工作不屬於我，我只有一雙手，難以撐起這片天。

110.4.21《聯合報》，本文入選「跟想像不一樣」徵文

青春有悔

一直都沒有和過去的初中同學聯絡，因為大家都離開學校幾十年了，又不住在同個城市，所以一疏忽，日子就這麼一年一年地過去了。

那天晚上，忽然接到一位自稱是我同學的A男士的電話。他很客氣，自我介紹時，告訴我他是忠班的，所以我不認識他。記得當時我們有六班，忠、孝、仁、愛班都是男生，義班全是女生，我在信班，是男女合班，也是所謂的資優班。

在五〇年代的鄉下，是很封閉的年代，男女同學零互動，也無交集。早上大家來上學沒道早安，放學後大家就各自回家沒說再見，大家把彼此當空氣。我因常參加作文比賽，得獎的作品會被貼在學校中庭，很多同學會看到，或許是這樣才被別班同學認識的。

當時在校園裡我常在無意中會聽到有人喊我名字，我只要一回頭，男同學們就會哈哈大笑，而我卻不知道到底是誰喊的，只是我很肯定他們一定不是我們信班的。

由於那是青春年代，大家對異性同學都很好奇，尤其是男同學對女同學特別有好感。他們只要有心儀對象，不讓青春留白，就會追根究柢，總要透過同學的同學或親戚去打聽。當時老師常調侃：「若把打聽同學名字的精神和耐心拿來背英文，一定會得高分。」然而同學還是我行我素，鎖定了目標，就會託人轉交信件或紙條。

初三時我經常會收到班上同學受人所託轉送來的信件，但我總是拒收。從未想過我的拒收，會讓對方在意，只覺得那沒什麼，反正大家就好玩嘛！另一方面是我家教甚嚴，我不敢惹父親生氣，只希望把書念好，不愧父母借貸讓我上學就好了。

然而，那天A同學告訴我，他的同學B曾經寫過很多信給我，都被我退回了，他很失望難過。不過數十年來，他卻不曾把我忘記，只要在報上看到我的作品，都會剪貼收藏。

前陣子B同學生病住院，A同學去看他。他知道自己來日不多，特別要A同學告訴我這些，並向我問聲好。A同學不負重託，從同學錄上找到我的電話，讓我知道過去有這樣一段故事。

放下電話我很遺憾，要是早知道B同學的近況，我一定會到他病榻前，向他說聲：「對不起！」請他原諒我年少時的無心之過。

110.1.15《聯合報》

巷口的韭菜盒

每天傍晚到公園運動完，偶爾會繞到附近的超市買點日用品。那天才走到巷口，就聞到陣陣的韭菜香氣，淡淡而幽香很引人。

記得以前家裡老屋後面有塊小空地，媽媽會在這兒種些韭菜或地瓜葉，足夠一家食用。小時候曾聽媽媽說過，春天是乍暖還寒的季節，所以能孕育出一年四季裡最美味的韭菜。它帶點辛辣的香氣濃中帶淡，似有若無，卻又那麼真實地瀰漫著。

或許是幾十年來潛意識裡，一直蘊藏著屬於春韭的氣味，所以那天當我發現這熟悉又陌生的香氣，是來自巷口的小攤子時，忽然有他鄉遇故知的驚喜。

老闆娘個子嬌小綁著馬尾，馬尾隨著她不停擀麵的雙手左右晃動著，皮膚不算白的她有雙大眼睛。因當時沒有別的客人，所以我們閒聊著。

三十八歲的她來自越南，因遇人不淑結束了婚姻，有兩個十幾歲的兒子，由媽媽幫忙照顧。

為了生活，四年前她來到台灣當移工，照顧一位八十多歲的阿嬤，半年後阿嬤走了。本想另找雇主繼續工作，沒想到阿嬤已喪偶的兒子，也就是大她二十多歲的現在老公，看她可憐願意幫助她。老公的意思陪她回越南辦個結婚手續，這樣她可以名正言順地留在台灣。三年一過就有身分證，這樣找工作會方便些。

由於老公對她沒什麼要求，提供了住處，也不過問她的收入，所以她願意賭上這樁婚姻。兩年多來她晚上當看護，下午兩點後擺攤賣韭菜盒，收入是移工的三倍。她把收入分成三份，一份給兒子當學費，一份留在身上，一份給老公，但是老公要她留著當養老金。她很感謝老公一直把她當女兒疼。

國語還不是很溜的她，不疾不徐地說著自己的故事，雙手忙著在麵皮上裝餡，然後對摺捏緊，放入平底鍋烤，因為沒放油，所以要不停地翻面。當麵盒裡散發出韭菜香味時，就是烤熟了。

由於它餡料飽滿，又強調沒油吃健康的，所以附近鄰居都會來捧場。知道每個半圓形的韭菜盒裡，有這麼多的故事後，我買了幾個。臨走前，老闆娘對我說：「小姐，好吃的話要再來喲！」我猛點頭，一時之間想不起來，該對她說什麼鼓勵的話會最貼切。

108.7.19《聯合報》

街頭藝人

我常利用假日的傍晚，到住家附近的華納威秀廣場逛逛，看一些街頭藝人表演。

那天我和同鄉阿美一起去逛時，看到一位打扮成小丑的女孩，彈著吉他在唱「望春風」，因好久沒聽到這首老歌了，我們駐足欣賞。她唱完後我們給予掌聲，並小聲用客語說：「唱得很到位耶！」

或許是被她聽到了。她喬了一下吉他，右手指往弦上一撥，就用客語唱著：「唐山過台灣，沒半點錢，刹猛打拚耕山耕田……」。乍聽這首被稱為客家國歌的「客家本色」，我們忍不住相視而笑。它是詮釋客家人吃苦耐勞、勤樸節儉過生活的歌曲。即使她的客語不是那麼流暢，但我們還是很感謝她，透過音樂唱出對客家人的熱情，讓我們顏面有光。

以前出國旅遊時，我很喜歡看街頭表演，因為它會帶來驚呼和笑聲。

記得有一回我們一團人，在威尼斯搭貢多拉（搖槳的長型小船）遊運河時，坐前面的先生負責雙手搖著槳，後面的是站著用手風琴伴奏唱歌。

他們是黑人雙人組服務員，戴著米色滾黑邊的大草帽，穿著白底黑條紋的背心。裡面穿的是黑色棉T（聽說是導遊送他們的），上面印著白色「老婆，我很怕妳的啦！」的字樣，結果我們一上船看到了，就笑得東倒西歪。

或許他們以為我們是看到他們太高興了，也就開心地搖船和忘我地演唱。一開口就高音一聲：「我……想。」然後唱著：「流連在異國的街道，和風輕輕的攬著我的腰，我想，我想，滿不錯的感覺要讓你知道，我……想。」

那是當時某家飲料公司，為了推銷「歐香」咖啡特別作的一首歌，因為我想和歐香，某程度上發音極相似，容易引起共鳴。

業者為了拍廣告還讓代言人葉璦菱帶著這首歌，到巴黎和威尼斯去拍攝MV。她坐貢多拉時，伸手接了一朵從左岸樓上投下來的紅玫瑰，拿在手上一晃就變成一罐咖啡。那神情讓人印象深刻，尤其在老三台的年代，它因天時、地利、人和，成功地打動了消費者。當時走到哪兒都會聽到「我想……歐香咖啡」的聲音，讓人覺得不喝杯歐香，會對不起自己似的。

雖然，他唱得有點落漆，但是他利用誇張的音調，把那種很渴望喝咖啡的感覺唱出來了。團員們覺得能在他鄉異國聽到這樣熟悉的歌，一高興就掏出美金打賞。

又有一回在荷蘭阿姆斯特丹一個廣場上，我們忽然聽到有三人組的小樂團，用生澀的台語唱著「安平追想曲」，讓幾位大姊感動落淚，直呼他們也太厲害了吧！台灣那麼小，他們怎麼知道，曾經有個出生安平港的小姐，愛上荷蘭籍行船的醫生，還生了一個金髮女兒呢？

導遊說：「台灣的旅遊商機大，加上國人獎賞大方，所以許多國家的街頭藝人，都會利用各種管道來瞭解台灣的歷史文化，由於語言不通，只好透過音樂來表達對台灣的友好，好滿足國人身在異國，還有他鄉遇故知的親切感。畢竟，音樂無國界，能感動人才是唯一。」

或許這些藝人真的對台灣人很友善，所以我曾在不同的國家聽過「雨夜花」、「思想起」、「茉莉花」等等的台灣民謠，當時它也真的觸動我心。

因看過不少街頭表演才體會出，要當個成功的街頭藝人並不容易，除了敢秀、有表演天分外，還要做足功課，才能賺滿荷包並且自娛娛人。

110.2《警友月刊》雜誌

讀好書是最好的療癒

雖然我生長在貧苦落後的農村，家裡沒有能力讓我多念書，但是父母還是常告訴我讀書的好處。他們認為讀書除了可增長見聞、拓展視野外，還可讓人靜心平和。

以前家裡沒有書，父母又很在乎晴耕雨讀，於是每次下雨天無法下田時，父親就到里長伯家，把他們已過期的報紙，拿回家當我的課外讀物。

由於報紙有兩三份，我把副刊和不同主題的專刊，分別裝訂成冊方便閱讀。或許從小就養成了閱讀的習慣，也感受到閱讀為我帶來許多無形的收穫，所以結婚生子後，我也讓家人沉浸在書香的世界裡。

為了要讀好書，在選書時就得費點心。太八卦或太政治的都排除，一些勵志小品是我的首選，因為這類的書老少咸宜。對旅遊的書我也愛不釋手，去過的可透過書本，回憶一下甜蜜歡樂的往事，有舊地重遊的感覺；

對於還沒去過的，正好可以先目睹一下，瞭解大概的情形，下回身臨其境時會印象深刻。

另外，我從不同的書中看到「新視界」的報導時，我會跟著圖文走進世界各角落，享受著不一樣的風土民情，讓自己不出門還能知天下事，那感覺有趣又踏實。

在許多小品文中，不管是敘事、抒情或勵志，每一篇我都精讀，只希望能從中得到啓示。或許是年歲漸長，經歷過的事越多，會有不同的體悟出現，然而這些都不影響我愛閱讀的樂趣。

儘管如今電子書方便，透過網路隨時可以看，但它給我的感覺是冰冷的，所以多年來我還是喜歡看紙本書，透過翻動紙頁的摩娑，就可感受書頁的溫潤質感，以及字裡行間所帶來的感動和歡樂。

總覺得，閱讀是一條可以慢慢走的路，需要細細地欣賞路上豐富美好的風景，讓心靈裝滿了收穫，讓歲月靜好

110.8.15

第二輯

牛筋草

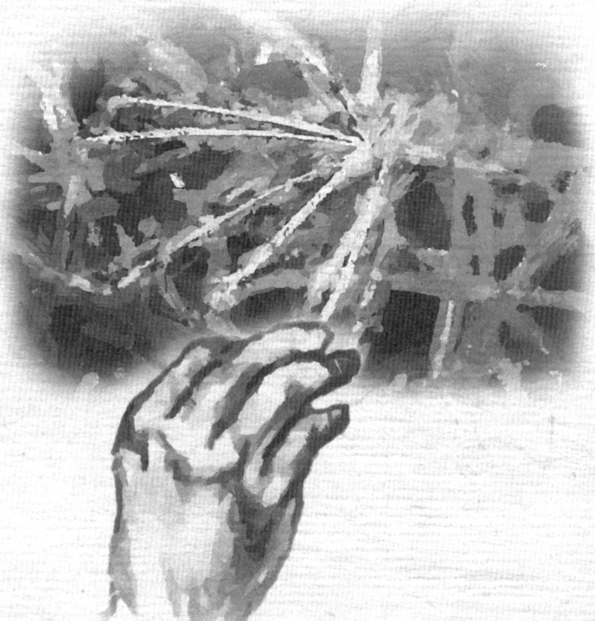

二哥，謝謝您！

夫家二哥昨天清晨走了，九十一歲的他走得很倉促也很瀟灑，更是令人百般不捨。他是半夜起床如廁不小心摔了一跤，就結束了一生。因事發突然，讓全家措手不及。

外子八個月大就失怙，當時大哥十歲，二哥才九歲，底下還有三個姊姊。忽然失去依靠的婆婆，要獨自靠著幾分薄田，來養育六個嗷嗷待哺的孩子，是很不容易的，可謂備嘗艱辛。

大哥、二哥每天上學前和放學後都要分攤大小工作。大哥跟在婆婆身邊幫忙，拔草、挖地瓜、放牛吃草、打雜一些簡單的農事。每天婆婆都背著外子下田種作，二哥放學後就換他照顧。小兄弟一個在地上玩，一個洗米、做飯、餵雞鴨。做好飯要先幫外子洗澡，然後餵他吃飽。反正他就像小媽媽一樣，每天傍晚要負責打點外子的一切。

或許是孤兒寡母的，在他們心裡只覺得一家人能一起過日子就好。即使有時三餐不繼，也不影響他們對家的向心力，只知道要相親相愛。

由於外子從小就是二哥帶大，彼此的感情非常濃。外子青春期，因唇邊突然冒出鬍鬚不知怎麼辦，不好意思告訴哥哥，又沒父親可問。幸好心細的二哥看出他的尷尬，連忙拿出自己的刮鬍刀教他使用，才讓他安然度過青春年華。

當兵時外子抽到金馬獎，要登船時二哥拿出他在金門當兵時的唯一禦寒衛生衣褲送他。二哥告訴他，金門寒冷風又大，外出或站衛兵時一定要穿上，免得感冒著涼。這套衛生衣褲雖然是舊的，但是對沒有禦寒衣物的外子來說，是寒冬裡最珍貴的禮物，讓人身心都感覺暖呼呼的。

二哥就是這樣，他對外子亦父亦兄，相濡以沫，沒有為父的嚴肅，卻有如父般的慈愛，還有濃濃的手足之情。

婚後因工作關係，我們一家必須搬來台北。因當時交通不便，加上我們經濟條件差，所以很少回南部探望他。而二哥總是心繫著我們，他經常來信問候。每次來信字裡行間總是充滿了為人兄長的萬般關懷。這讓我覺得外子雖然沒有父親，但二哥卻給了他另一種父愛，而這份愛正好填補了他失去的那一塊，一切就這樣的相輔相成，而他就在滿滿的「父愛」裡成長茁壯，結婚生子。

我們有了孩子之後他愛屋及烏，除了關心我們夫妻，也一路關心我們孩子的教育。兒子、女兒高中聯考時，僥倖進了紅樓和綠園，他高興的神情勝過當父母的我們。他就是這樣，一直以來對我們的關懷和照顧從未少過，讓我們感動不已。

二哥個性溫和樂觀，從不出惡言，待人處事謙卑有禮。務農的他天天忙農事，以前種菸葉，後來種香蕉和芭樂。不管種作任何的作物，他都親力親為，勤快的日出而作，日入而息。他始終覺得做任何事，都要盡本分全力以赴，做一天和尚就得敲好一天鐘，這是為人處世的原則。

或許是他樂天知命，不貪非己所有，加上勤於勞動，所以身體健康，九十多年來不曾住過醫院。

近幾年外子常進出醫院，每一回他都從南部趕來探望，著急之心溢於言表。每次他都要看到外子康復出院，才放心離去。

本以為一向健朗的他可以長命百歲，沒想到一場意外讓他離開了。懷著感恩的心，記下兄長數十年來所賜的恩澤，儘管難以言語文字表達，但是我還是要說：「二哥，謝謝您！」

109.11《警友月刊》雜誌

一串鑰匙

本省人有句話說，嫁出去的女兒潑出去的水，父母健在時經常可回娘家，但是父母過世後，跟手足的親近會疏遠些，於是回娘家的機率自然會變低。甚至有人會說「娘家！娘家！有娘才有家」，娘都沒了哪裡還有家？

過去也經常聽到身邊的朋友大嘆，自從爹娘都沒了之後，回娘家之路真的變得好遙遠好遙遠。一方面當然是少了對父母的牽掛，回娘家變得不怎麼積極；再方面和手足之間感覺少了一層依附感，加上大家都很忙，所以不像父母在世時隨時會刻意回家。就這樣，平時難得回娘家一趟，手足因此越來越疏離，一年半載難得見面的大有人在。

每次聽到朋友們無奈地說出她們的心聲，我都心有戚戚焉，很怕哪天我也要面對這樣有家歸不得的窘境。

那天下午，當媽媽的後事都處理好，親友們都離去後，整個家空蕩蕩的。我拎著行李，強忍悲痛含著淚向弟弟夫婦告別，並感謝他們幾十年來對父母的照顧。本以為他們只會說：「那是我們該做的，沒什麼啦！」

沒想到他們除了說這些，弟媳還握起我的手，順便給了我一串家裡的鑰匙，並告訴我以後還是要和過去一樣經常回來家裡看看。父母雖然不在了，但是還有我們哪！給妳一串家裡的鑰匙，讓妳隨時回來方便進出。免得萬一妳回來時，我們剛好都下田種作不在家，會造成妳的不便。

手握著鑰匙，聽到弟媳說得這麼誠懇，我這個嫁出去的女兒，忽然覺得她好像是另一個媽媽，同樣給了我家的溫暖和關懷，讓我不再覺得失去媽媽有這麼痛，也相信往後回娘家的路，不會是那麼遙遠。

我把鑰匙握得緊緊的，舉步維艱地離開娘家。我一步一回頭，看著自己生長的地方，想著從小到大幸虧有父母辛苦的養育，如今恩澤未報，他們就相繼地離去了，怎不心痛和不捨呢！難過地想著、走著，不知道走了多久，才讓娘家屋子消失在眼裡……。

想想，小小的一串鑰匙，不僅傳承著父母無盡的愛，也連結著綿延不斷的親情，真的好感謝他們。

110.3.23《中華日報》

天才老媽寫字趣

媽媽從九十三歲開始就常說，人老了很沒用，整天除了早晚到屋外走走，就沒事做，真是有夠無聊。我有時會逗她：「想做什麼事呀！要不我幫您去登記，選個里長來當好不好？」此時她會急著說：「不行！不行！當里長很忙的，人家夫妻吵架會來找，馬路壞了也來找，那工作我做不來。」說完我們母女笑成一團。

那天我回去看她，九十八歲的她又在喊著無聊了。我說：「很無聊，我們來寫字好不好？」「要寫字啊？好是好，不過我已經好久沒寫字了，不知道還記得幾個字；還有我的手握筆會卡卡的，不知道還能不能寫。」她說。

我把紙筆交給她後，自己也留一份。她問我要寫什麼，我說：「想寫什麼就寫什麼，隨緣。」或許是她還記得過年的歡樂氣氛，所以想寫「過年」二字。結果她把筆在紙上不停地移動，就是想不起來怎麼寫。

她抬起頭來告訴我：「以前我會寫的呀！現在怎麼記不起來，難道我真的老了嗎？」我回答她：「您還年輕，走路都比我快怎麼會老！」我邊說邊把那兩個字寫在我的紙上，再把紙移到她面前。她看了之後，小心翼翼地把「過年」寫了下來。雖然動作很慢，但是沒寫錯，很棒。

寫完過年，她想起過年時要蒸年糕、發糕，於是她又寫它們。寫了糕粿之後，她問我：「妳知道嗎？我多桑會編竹子的蒸籠，就是用來蒸年糕的那種。」我忽然被問得有點驚訝，怎麼忽然提起我外公？

我說：「外公不是在您六歲時，因眼睛開刀失敗而失明了嗎？怎麼會編竹籠？」她說：「這就是我多桑厲害的地方，為了生活，他把砍來的竹子分段鋸好，再剖開做成竹篾，竹篾要刨光才能編竹器，才不扎手。」

外公每天坐在屋簷下靠著耐心摸索，膝蓋上墊了一塊黑布，每天憑感覺、憑記憶編出竹籠、竹籃、竹篩……。或許是外公有藝術天分，編出來的各項竹具都美觀堅固，沒有人相信那是失明的人編的。

每隔一段時間，外公會把做好的成品挑在肩上，媽媽就牽著外公沿街叫賣。那是日治時代，岡山機場附近有日本將官的宿舍，因媽媽常跟著外公在那裡進出，所以時日一久她便學會流利的日語。

有位將官常跟外公買竹器，有一回他跟外公表示，自己有四個兒子，但沒有女兒，好想收養聰明可愛的媽媽當女兒，他願意給一筆豐厚的感謝金。外公一聽，把手上的枴杖往地上用力一頓，很堅決地表示，要收養他的女兒可以，但是要連老的也一起收養，從此日本人不再提這件事。

媽媽很感謝外公在那麼困頓的時刻，還是護女心切。所以從那以後，每天放學回家時，只要不陪外公做生意，她就端了一個竹篩到附近水果行批幾串香蕉到宿舍去賣。很多日本太太很喜歡她，會捏捏她的臉蛋或摸摸她的頭。

媽媽說完了小時候的故事忽然問我：「妳教我寫『蒸籠』好不好？」我用日語回答沒問題。她認真地看我在紙上一筆一畫地寫下蒸籠兩字，我用日語問她這樣看得懂嗎？她推推老花眼鏡猛點頭。

利用她在寫時，我進廚房喝口水順便上洗手間，等我一出來，媽媽那兩個字已寫好。我驚訝地大叫：「我的媽呀！您有夠天才！」兩個字看起來像四個字，距離拉大了，筆畫是不多不少嘟嘟好，只是寫的順序顛倒，看起來怪怪的。不過無論如何，就是找不到有錯的地方。

真沒想到母女的一場筆會，會聽到九十多年前的老故事，讓故事串起三代情，這真要感謝我有個天才老媽才對。

109.8.5

少了湯的魚丸

傍晚時分家裡的移工要做飯時，問我晚上要煮什麼湯，我問她家裡有什麼菜，她答：有苦瓜、有排骨、有黃瓜，還有幾顆魚丸……。還沒等她說完，我說就煮黃瓜魚丸湯吧！好久沒吃了還真想吃哪！

魚丸湯雖然是非常廉價的庶民食物，但是對於生長在百業蕭條偏僻鄉下的我來說，那是奢侈美食，即使是逢年過節都難得吃上，只有在鄰居嫁娶或廟會的喜宴上，才有機會品嚐到。

小時候家裡種作少，父親忙完家裡的農事後，會跟鄰居叔伯們帶著便當去打零工。有時候遇到大器的老闆，中午會煮一鍋魚丸湯幫他們加菜。每一回父親把湯喝完，就把魚丸留下來放在便當盒裡帶回家。

在家排行老大的我，從五、六歲開始要照顧弟妹，順便負責煮晚餐，讓天黑了才下田的父母，回到家就有晚飯吃。每一回父親打工回來，把飯盒交給我時會告訴我，把裡面的幾顆魚丸清洗後，就煮魚丸湯晚上加菜。

記得我曾問過父親：「怎麼只有魚丸沒有湯？」一向沉默寡言的他沒說什麼，我也不敢再問。

每次拿到魚丸，我會看看菜籃有什麼菜，再做決定該怎麼煮。由於家裡是種田的，別的沒有，就是有很多蔬菜可以搭配。母親曾告訴我，魚丸湯要好吃，配料很重要。先把紅蔥頭爆香後加一大碗公的水，水開了後放入絲瓜、茼蒿、切丁的蘿蔔、去皮的黃瓜……，等菜熟後放下魚丸。等湯再滾時加少許的鹽就關火，再灑下芹菜珠並滴幾滴小麻油，就可上桌了。

每一回我都照母親的吩咐，把幾顆小魚丸加上家裡現成的菜，煮一大鍋的魚丸湯，讓全家人吃得開心。我喜歡一家人圍在餐桌上，開心滿足地吃魚丸湯的幸福感。即使每人不一定能分到一顆，但是那一餐我們真的有喝到美味的「魚丸湯」。

有魚丸湯的日子不知過了多久，一直到農村機械化之後，因機器代替了人工，父親不再有機會去做臨時工為止。儘管有好些年，但我始終不知道，父親怎麼會有魚丸可帶回家？

幾年後父親走了，弟弟覓得一塊離家不遠的福地，就把家塚建在那兒，方便每年的清明掃墓。家塚完工那天父親的骨甕要進塔，許多親友特地備了香燭前來祭拜。

當時有位差父親兩歲、經常和父親一起工作的表哥告訴我：你父親把你們養大真的不容易，去山上打柴看到野果摘了捨不得吃，一定要帶回家給孩子吃；去貨運行搬貨，工頭看大家辛苦，有時會煮些魚丸湯過來加菜，他也只喝湯，把幾顆魚丸偷偷地藏在飯盒裡，帶回家給孩子吃，真是難得的好父親。

聽到表哥這麼說，我才知道少了湯的魚丸故事，我忽然好想跟父親說：「謝謝！謝謝您用魚丸滿足了我們的食慾，也豐富了我們的童年。」從那次以後，只要有機會，家裡我都會放些魚丸，想念父親時就煮一碗，希望讓童年幸福的感覺，又浮現在唇齒之間。

109.7.28《中華日報》副刊

憶先慈

劉省銘

母親走了，身為兒子的我萬分不捨，忍不住地傷心落淚，因為她的一生充滿了女性的堅韌與一位母親的偉大，媽媽七十多年前從岡山嫁入美濃，也就是從閩南嫁到客家庄。

母親讀過日本小學，說一口流利日語，也認識很多國字，可以閱讀一般報紙或書本，國語可聽懂八九成。河洛話是她的母語，說得既溜又順。最最難得的是，為了融入客家生活，她花了兩個月的時間學會客家話，讓她能在客家莊和鄰里互動。

她嫁給從小失去雙親又無恆產的父親，生活清苦不難想像。年輕時曾在中壇譚盛根校長家租個小店面，一邊是桌球店，一邊由父親修理時鐘及製造乾電池（父親曾留學日本學電器）。但小店面終究難以維持店租和家計，只好勤耕兩分薄田。

她相繼哺育六個子女，當時生活苦不堪言，而她為了生活，總是背著孩子赤腳到手巾寮採甘蔗葉、撿甘蔗頭當柴火。儘管生活很艱辛，卻沒有難倒這樣誤入客家莊的她。她憑著堅強的毅力，刻苦耐勞的精神，熬過生活的日常。很難得的是她熱心助人，經常免費幫鄰居孩子們收驚，讓鄰居們很感謝。

如今我們長大了，大弟已先走了，小弟服務於公職，姊姊是美濃現代作家，兩個妹妹有好歸宿，而我在中壇「大瀾闔」，負責十二生肖的管理照顧，兼在「龍闕裡」賣魚。很慶幸我們六姊弟都很爭氣，雖沒有成就大事業，卻安分守己，沒讓她失望，還在大崎下獅形頂山底，幫父母親蓋了依山傍水的別墅（家塚），讓他們安息。

她很健康，很勤儉，客家女人有的美德，她表現得有過之而無不及。如要說與傳統客家女性稍有不同的，大概只有餐前的一小杯威士忌，那是她最奢侈的小確幸。九十多歲了還經常要下田撿紅豆，我常調侃她，若把她戴斗笠撿紅豆的身影，在電視上播放，一定會有很多人幫她按讚。

每一回她都笑得有點嬌羞和靦腆。她就是這樣，以身教和言教教育我們，給了子女最好的榜樣。如今她仙逝了，我只能以感恩的心，來懷念感激她，並虔誠地祝福她一路好走。

109.8.29《美濃月光山雜誌》

用心良苦話父愛

整理抽屜發現一張泛黃還有幾攤白點的照片。記得那是四十年前我生孩子時，父親從南部帶了兩隻大閹雞，幫我坐月子時照的。看著父親難得的笑容，我憶起了往事。

婚前，每次生理期不僅時間紊亂，還腹痛如絞，臉色蒼白，無法站立。長輩們認為這情形很特殊，有可能以後不會生育。一個女人不能生育，這在保守又需要人力的農村社會是很嚴重的，有誰願意娶個不會生育的媳婦。

父親知道此事後，有天瞞著家人帶著我到他的婦科醫生朋友家做檢查，結果如何我不知道。不過從父親一路回家從未開口還一臉凝重的神情，我知道他有事瞞著我。

在結婚的前一天父親叮嚀我，婚後要以夫為貴，千萬不能避孕，要順其自然，因為生養是女人的天職。對父親的叮嚀我感恩，但是我卻覺得這話要是由母親來說，我聽了會自在些。就不知道為什麼是由父親說出，為這事我心中一直覺得怪怪的。

婚後我一直沒懷孕，每次回娘家父親看到我，都強顏歡笑地安慰我：「有子有子命，無子天注定，一切都是天意。不用急，上天自有安排。」對父親的關懷，我只有笑著點頭沒有多想。

幾年過後我忽然懷孕了，父親知道後喜出望外，難言之樂溢於言表，尤其是我連續生下兒女之後更是如此。每一回我坐月子，他都千里迢迢地從南部坐夜車來台北，還用雞籠帶著雞來給我補身子。天黑時又坐夜車回去，他表示坐夜車便宜，又不影響白天種田的工作。

有一回父親又來幫我坐月子時，看著孩子們可愛的模樣，一高興才說出，我的身體異於常人。輸卵管、卵巢只有右邊，左邊沒有，在這種少了某些器官的狀況下，要懷孕的機率非常低。

當初他瞞著母親，也瞞著我，是怕我有壓力後又亂投醫，而影響了生育。因為醫生說過，這情形看醫生是沒用的。知道父親為了我能否生育，數十年來用心良苦地幫我守著這個天大的祕密，怕我嫁不出去，我感激得說不出話來。

自從那次以後，我沒有再坐月子，父親也沒再來台北，也就是說，這張照片是父親留給我的遺物。每次想起父親為我所做的一切，我除了感激還是感激。

109.8.23《聯合報》

老媽的味噌湯

我一直覺得我是最幸福的「小孩」。雖然我已是初老的年紀，但是老媽還是把我當小孩。

那天回到娘家已是午後兩點多了，九八高齡的老媽知道我還沒吃午餐，邊問我想吃什麼，邊打開冰箱要找找看有什麼好吃的。

當我看到鮭魚片、海帶芽和洋蔥時，我告訴她：「就吃鮭魚味噌湯吧！」由於父母都是受日本教育的，所以在記憶裡，他們每天早上都有喝味噌湯的習慣。所以我很想再喝一次味噌湯。

小時候家裡經濟環境差，要掌廚的媽媽常為了一家八口的三餐傷腦筋。而她卻能「艱困啓智慧，性定菜根香」，經常利用一匙味噌，加上自己種的菜，煮出一鍋鍋的味噌湯，來餵飽我們，讓我們健康長大。

她的味噌湯食材時常隨季節變化，都以當季蔬菜為主。例如，有時湯裡是冬瓜，有時是小白菜，有時是蔥花或洋蔥……。不過不管湯裡的料是什麼，媽媽都能拿捏適中，讓每一道湯特別好喝，讓我們一直非常懷念。

那天在廚房裡，我跟小時候一樣站在她身邊，看著她把一小匙的味噌，先在碗裡壓碎，並把鮭魚切塊，把洋蔥、海帶芽切丁。當鍋裡的水都滾了之後，再把這些料一一地放入。那不疾不徐的優雅動作，不因歲月的流失而有所改變，還是跟我印象中年輕時的媽媽身影一樣，那麼地溫柔淡定。

那天我邊吃邊聽她聊起味噌湯的故事。她告訴我：以前巧婦難為無米之炊，所以湯裡所見都是綠油油。當我們這群孩子稍長一些，大的可以照顧小的時候，她努力找臨工打。拿到工錢時就買些小魚乾和紫菜，讓味噌湯的風味改變，讓孩子們的營養增加，這樣骨骼和牙齒才會長得更好……。

聽著媽媽說的陳年往事，我才發現我們兄弟姊妹所以個個身體健康，有一口好牙，原來是媽媽的用心良苦換來的。在那一刻，我忽然覺得自己好幸福，有這樣一位愛子勝己的偉大媽媽。

一碗味噌湯，讓我喝出媽媽的味道，體會出來自母愛的溫暖，真的好感謝媽媽。

109.7.16《人間福報》

老公！算你狠

家裡的另一半，做事總是粗心大意，洗個手瓷磚就到處滴水，讓小朋友滑倒，每次提醒他就不高興。東西放哪裡老是忘了，自己找不到，還要怪別人為什麼用這麼大的櫃子，諸如此類的事經常上演，他不僅不認錯，還覺得是別人害的。

這樣無理的情形發生多次後，建議他又不改，我又不得不處理善後，就會覺得很委屈，因為我沒聽過他為自己的錯說過一句抱歉。每一回我想討回公道，他一副不在意地說：「有這麼嚴重嗎？」氣得我想抓狂。

幾年前我和朋友到上海灘去玩，那兒有一家服飾店都賣T恤，衣服上印滿了各式各樣的圖案或字句，有很搞笑的，也有很有趣的。我朋友夫妻買的是白底黑字，印著「老婆！我愛妳一萬年」和「老公！你是我今生的唯一」。每個人買的，都是心裡想的，真有趣。我翻了翻不知該選印什麼字的，因為我知道自己的愛，沒像字句上說的那麼高超，我不喜歡自欺欺人。

後來我看到一件印著：「老公！算你狠」的，當我看到這些字時，心中浮現著他那種妳奈我何的畫面，我想這真是貼切啊！有了這件衣服後，每次遇到他又不講理時我就穿著，後來我感覺情形有改善。

其實婚姻之路漫長，難免有摩擦，只有彼此多寬容，才能有雙贏，才能久久長長，在此祝福天下夫妻。

102.12.29《自由時報》，此文入選「夫妻相處」徵文

一場盛大的演歌秀

我娘九十二高齡了，由於子孫多，每年收到的禮物也多，健康食品、衣飾、包包等等，多到可開一家百貨店。雖然她一再地提醒，不要再買了，實在用不完，但大家還是愛買。

有一年我和娘在日本東京銀座逛街，經過一家電器行時，她要我停下腳步。當時只覺得店裡傳出來的歌聲，是好聽但我聽不懂的日語歌。

我們停了約半個小時，我東張西望，努力地欣賞街景，而受日本教育、生活方式也很日本的娘，卻聽得如癡如醉，還不時地接唱。聽完，她告訴我這幾首歌是戰後日本最紅的女歌星「美空雲雀」唱的，歌聲柔中帶剛，渾厚甜美，真是好聽。她還告訴我，美空雲雀是她的偶像，那時我才知道，年紀一大把的娘還有偶像呢！心想還好不是「石原裕次郎」，否則我老爹知道了，不瞪她一眼才怪呢！

知道娘的祕密以後，我透過日本好友幫我蒐集一些美空雲雀演唱會的經典歌曲，並製成DVD。母親節的當天，我們在三合院的廣場聚餐，餐點採用自助式的，全由兒子、媳婦、女兒、女婿，大家一起分工合作，有蛋糕、餅乾、炒粄條、水餃、小籠包、三明治、小番茄、西瓜、蘋果等等，五顏六色，讓人垂涎欲滴。

當畫面透過六十吋的電視播放時，「美空雲雀」載歌載舞地出現了，我娘既驚訝又感動。她高興地唱著，子孫們陪著打拍子，一首接一首，這回我才知道，原來我娘很會唱歌，而且歌聲很婉轉動聽。

我覺得準備母親節禮物，不要被廣告左右，只要平時多抽出時間陪媽媽聊聊天，多和她互動，就能從中瞭解她的喜愛，再用心選擇、準備，必能讓媽媽有個特別，終身難忘的驚喜禮物。

我很慶幸自己這一次能改變以往送禮物來慶祝母親節，而用另一種別出心裁的方式，讓老娘得到更多的祝福，母親節當天在老娘的帶領下，我們全家很開心歡唱。

103.7.5《聯合報》

串串粽香情

端午佳節近了，樓上樓下的婆婆媽媽們相約包粽子，於是三不五時我就會聞到穿牆而來的粽子香氣。不管是麻竹葉的香，還是野薑葉的香，都會讓我想起手巧的婆婆。因為她包的粽子稜角分明、大小適中、香氣誘人，讓人百吃不厭。

記得剛進婆家門沒幾天就端午節了，婆婆問我會不會包粽子，我搖頭說：「不會。」她看我一臉尷尬，連忙說：「慢慢學，慢慢學，學久了就會的。」聽她這麼說，我緊張的心終於放下。我覺得婆婆比我想像中溫和寬容，並不是婚前鄰居告訴我的「寡母難侍候」。

第一天婆婆帶著我到河邊摘麻竹葉及野薑葉，順便採些米白色的野薑花。接著她教我刷洗葉子、切紅蔥頭、泡香菇、切肉、洗蝦米、把洗淨的米泡一小時，然後把蔥頭爆香，加入其他配料悶熟就可以動工了。

搬來兩把小板凳，婆媳各坐一邊，中間放上掛著棉線的竹架。她拿起兩片竹葉，正面向上，在葉子的三分之一處交叉，然後摺出三角形的窩。先放入白米，再加上配料，每一種都要加，但只能少許，並且把它壓緊一些。再把多出來的葉子對角摺緊，變成四角形，再在它的腰上綁上棉線，繞三圈打上活結，就算大功告成。

當四串粽子都包好後，就放入廚房大灶口的大鍋裡煮，煮約二十分鐘就關掉火，讓它燜個十分鐘，再解開一顆來看。若米都透了，就表示熟了，一串串地拿起掛回竹架上，方便大人小孩取用。

婆婆先包兩個給我看，然後叫我拿起葉子，她一個口令我就一個動作，因是新手上路，兩隻手都卡卡的。她停下手邊教我邊講解，在綁線前一定要把材料推平均，綁線時左手要把粽子捏緊，這樣包出來的粽子，不僅腰細又豐滿，每個角都非常好看，讓人垂涎。

婆婆就是這樣凡事追求完美，所以她包出來的粽子，每一顆都一樣大，顆顆像是藝術品般，常常拿在手上欣賞半天，就是捨不得吃。

離開婆家到外地住之後，每年端午節婆婆都會送來兩串粽子。大顆的那一串是給媳婦和兒子吃的，小小顆的那一串是給阿孫吃的，她知道阿孫吃得少而特別包的，小小顆好可愛。

每當粽子飄香時，我就想起和婆婆一起包粽子的情景，雖然很多年了，但依然這麼清晰。

109.6.23《人間福報》

兒子常幫老爸理髮

前陣子，外子住了半個月的醫院，出院回到家時，我發現離家才幾天的他，怎麼蒼老了好多。我認真看著他，除了滿臉病容、身體虛弱沒有精神之外，頭髮稍長也有關係。

為此我對兒子說：「下午找個時間，帶你爸爸去理個頭髮吧！」沒想到兒子一聽連忙說：「要理頭髮我幫他理就好啦！」當下我以為我聽錯了，連忙問他：「你會理頭髮喔？什麼時候學的？」他答：「以前在美國念書的時候，就學會自己理頭髮了。」

坐在一旁的外子聽到我們的對話，忽然瞪大眼睛對兒子說：「那你趕快幫我理啊！」兒子連忙回他家，提來一個小型工具箱。

他請老爸坐上椅子，打開工具箱取出一件白色鑲咖啡邊，圓周有細鐵絲套著，中間有個洞，有如倒立的雨傘的圍裙，套在爸爸身上。他說：

「套了這個可以把剪下來的頭髮都接住，很省事的。」

然後他拿起像電動刮鬍刀大小的剪子，從髮根往上剪一趟又一趟。剪好後又一手拿梳子，一手拿小剪刀，把頭頂部分長短不齊的修剪均勻。再拿出小小吸髮器，把脖子沾黏的碎頭髮吸乾淨，最後拿下套在脖子的大圍裙，就大功告成了。

兒子取出鏡子，讓老爸照一下，並問：「把拔，這樣可以嗎？」沒想到外子露出了好久不見的笑容猛點頭，讓這陣子一直陪著進出醫院的我，也感染到那份失去好久的喜悅。

從那次以後，外子三不五時就要兒子幫他理髮，兒子都說：「好啊！沒問題。」我曾問兒子為什麼他頭髮不長，你還順著他？兒子的回答讓我很感動，他表示：「人老了身體又不好，這對曾經意氣風發的人多少有點打擊。如今讓他覺得把顏面打理乾淨是很快樂、很體面的事，我一定要成全。而且對我來說，有機會幫老爸做點事，陪他聊聊天，是我求之不得的。」

知道兒子的心意之後，每次看到他們父子一次次地沉浸在理髮的快樂中，我除了感恩也給予祝福。

109.8.9《中華日報》

是我爸教我的

家裡陽台上的四棵澄蜜香番茄，已從綠白轉成澄橘色，粒粒晶瑩多汁，那是來自美濃薄皮肉厚爽口的好品種。

或許是生長環境使然，看到好的蔬果就想往土裡種，希望它延續生命，綿延更多的果實。年前從家鄉帶來一些番茄分享鄰居，到家後發現有幾粒壓裂了，因捨不得丟，就順手把它塞在陽台花盆的土裡。

當它們抽芽長新葉，我把細枝修剪掉，只留健康的粗枝，來增加開花結果的機率。也利用爬山時，撿些竹枝插入盆裡，作為番茄藤的依附。

由於陽台光線好，加上我都施有機肥，所以它們長得特別茂盛，相對的果實累累，最近這陣子已陸續成熟了。

那天家裡的移工威娜拿來剪刀和塑膠袋，問我是不是要把所有成熟的番茄都剪下來，放冰箱慢慢吃，我告訴她想吃幾粒就剪幾粒吧！其他的就留著。

她聽了連忙提醒：「沒剪下來會被小鳥、老鼠吃掉的，太可惜了。」我點頭表示，就是要留給牠們吃呀！她一聽睜著大眼睛，想問我為什麼，但沒開口。看她滿臉狐疑的樣子，我忽然想起小時候，自己也曾對爸爸的這句話產生質疑過。

那年頭家裡人多田少，每當米糧不足時，就靠地瓜來替補，因此地瓜在我家很重要。偏偏每回家裡採收地瓜時，爸爸就會交代我，把小條的都留在田埂邊，給鳥兒或鼠輩們吃。當我瞪大眼睛問為什麼，爸爸就會把「為鼠常留飯，憐蛾不點燈」的故事說給我聽。

他要讓我知道人類把上天賜給的禮物，和自然界的生物們分享，給牠們生存的空間，這樣不僅可以和平共存，還可以平衡生態。他也告訴我，這是老祖宗傳下來的好美德。

從那以後，我只要有機會，都會刻意地留下一些食物在前後陽台淋不到雨的地方，不管是小米、地瓜、餅乾，甚至貓食。

每天躲在窗簾後，看著陽台上肆無忌憚、呼朋引伴的小鳥樂得上下跳躍；松鼠媽媽帶著松鼠寶貝一前一後，引頸企盼後，咻一下就叼走一莢花生、一塊餅乾，那動作之快令我拍案，而因緊張差點摔跤逗趣的俏模樣，又讓我會心；還有貓咪們在暗夜裡悄悄地來，先四處張望，再弓著身子安心地吃食，然後滿足地舔舔嘴角，才輕盈離去的神情，也都讓我開心不已。

那天，我並沒有把這段故事告訴威娜，我感覺自己所以這麼做，其實也是在懷念爸爸，順便把他的善意傳遞出去。

110.6.13《聯合報》

最後一面

那天下午四點多，接到小弟的電話，他表示媽媽有狀況，要我快回家。

我心想，前兩天才去看她，和她說了很多話，很多對話她都很清楚，有問必答，而且答得很對，都沒有答錯的，那感覺讓我很開心。一切都像往常一樣很好的呀！怎麼才兩天就會有狀況呢？我擔心害怕，歸心似箭，很快地趕到台北車站搭上高鐵。

當我出了左營站，已經晚上七點多了，因颱風來襲，雨大風大。我坐上計程車後，問司機先生：「要到美濃大概多少時間？」他反問：「很趕嗎？要趕的話我就開快一些，不過現在天黑了，風雨又大……。」

沒等他說完，我哽咽地告訴他：「不趕，不趕，安全優先。」一路上我不停地念著佛號，希望菩薩保佑我一路平安，讓我有機會見到媽媽的最後一面。

或許是我不斷地啜泣，讓司機先生多少猜到什麼，我感覺車子在強風斜雨中咻咻而過，才一下子就回到家了。付完車資，我三步併兩步地奔到祠堂時，看到葬儀社的工作人員，正好抬著媽媽要放入冰櫃。

我大聲地喊著：「等一下！」並以祈求的語氣問他們，能不能讓我和媽媽說幾句話。他們就把手停在半空中，並對我點點頭。我深呼吸強忍著悲痛告訴媽媽：「我回來了，請您要加油，無論如何都要睜開眼睛看我一眼，只要一眼就好。」

或許是母女連心，也或許是媽媽知道我趕路，知道能見她最後一面對我來說有多重要。她為了成全我，不讓我失望，不讓我留下遺憾而難過，真的很努力很用力地睜開右眼，看了我一下之後才慢慢地閉上。

這一閉就天人永隔，不僅結束了我們七十多年的母女情緣，也為她九十八年的精采人生，畫下完美句點。此時的我誠摯地向她說聲：「謝謝！」並對她深深一鞠躬，感謝她的養育之恩，也祝福她一路好走。

這次，我是用這樣的方式送走媽媽。記得多年前我也是用類似的方式送走爸爸的。那年高鐵還沒通車，傍晚我接到爸爸病危的通知，連忙趕去搭飛機，希望以最快的速度趕回家，好見到他的最後一面。

那天傍晚，我出了小港機場後，連忙搭上計程車趕回美濃，沒想到當天機場外，有很長的環保抗議隊伍。車子在路上，過了二十分鐘還陷在車陣中，心急如焚的我不得已只好跳下車，脫下鞋子拚命地往前跑，也不知跑了多久，才離開了隊伍，攔到車可以回家。

因塞車延誤太多時間，讓我又怕又急，哭著告訴司機：要去美濃看爸爸，希望他能幫個忙，讓我平安到家。一路上他沒說什麼，只是快速地開著車子。我在車子搖晃中，一眨眼就回到家門口，家人告訴我爸爸在等我。我跪在爸爸身邊，告訴他我回來了，並希望他能睜開眼睛看我一眼，讓我可以安心。或許爸爸真的在等我，也聽到我說的話，他真的慢慢睜開雙眼，然後從左到右巡視一周，看到所有的子孫都在身邊陪他，嘴角微揚後就靜靜地閉上眼睛。

每次聽到身邊的朋友，因不同的狀況，錯失了見父母最後一面的機會，而感終身遺憾時，我會很慶幸自己是個有福報的人。雖然遠嫁台北，離南部鄉下娘家好遠好遠，但是每一回都能在緊要關頭，遇上熱心司機相助，讓我能見到父母的最後一面，有機會向他們鞠躬致謝，並祝福他們一路好走。那感覺很幸福，也很感恩。

109.12.13《人間福報》

媽媽的老嫁妝

朋友知道家母今年九十八歲了，都會偷偷地問我：「妳媽媽曾交代過身後事嗎？」我都回答：「有交代一些。」

記得媽媽九十二歲那年，身體硬朗，健步如飛。有次我回娘家，早餐後她興致勃勃地問我：「等一下妳可以陪我去服飾店嗎？我想買老嫁妝。」

對「老嫁妝」我沒概念，她看我愣在那兒就繼續說：「是我以後走了，要穿去見妳外公外婆的漂亮衣服啦！」我有些遲疑地答著：「好啊！好啊！」我之所以會支支吾吾，是這件事對我來說太意外了。

過去媽媽從未談過生死之事，我也曾不只一次利用機會，有意無意地提起，想聽聽她對身後事的看法。畢竟她年紀越來越大，這件事早晚要面對。心想，身為子女的，若能事先預知她的想法，辦起事來會更順暢，會讓遺憾降至最低，沒想到她絕口不提。

那天忽然聽到媽媽說出心願，我很驚訝。那喜極而泣的眼淚，讓一路走在她後面的我，抹也抹不完。

到了服飾街，我們一家家地看。每家的衣服都以時尚年輕為主，她對有彈性、有亮片、顏色搭配太搶眼的造型無動於衷。而大部分的衣服，都以套頭為主，她覺得這樣穿脫很不方便；雖然也有前開釦子的，她又嫌紅紅綠綠太花俏了不端莊。至於長褲窄窄軟軟的布料她也不喜歡，穿了不舒服，更何況兩邊沒有口袋可放小東西，穿起來少了安全感。就這樣，走完整條街，卻沒買到合適的。

回到家，她要我把衣櫥的衣服拿出來，她要自己選。這些衣服都是我平時幫她量身訂做的。節儉的她總要把衣服穿破，才肯換新的，所以多年來累積了很多新衣服。

她左挑右選，覺得知母莫若女，還是女兒做的好看好穿。依傳統穿三套最好。她選了一件長袖和兩件短袖的紅色碎花上衣，以及三條深色長褲。然後交代我，上衣把短袖的套在長袖的裡面，扣子暫時不能扣；褲子三條套在一起，都要拉平整，免得到時候心一急沒穿好。

當她把我疊好的衣服放入三十多年前我做給她的黑白格中型旅行袋中時，笑著告訴我，裡面還有絲巾、錢包、萬金油、梳子等哩哩扣扣的小東西喲！有了這些，哪天她想去旅行時就放心了。

看到媽媽為了下段旅程，做了萬全的準備，身為女兒的我很高興，也很祝福。

110.4.26《人間福報》

養鴨歲月

每次回美濃娘家，我總是會在三合院前的女兒牆上，或坐或站地在那兒看著池塘裡優游的鴨子。大大小小有黑有白，成群結隊忽左忽右「嘎！嘎！」地唱著牠們永不變調的隊歌，是那樣的悅耳，又是那樣的渾然天成。

每次看到這些鴨子我就想起從前。在光復初期，因長期戰爭，讓萬業蕭條，百廢待舉，於是謀生不易，務農的父母，難有零工可打。在落後的鄉下，有力沒處可使，農業技術又遠遠落後，無法改進。一個家僅靠兩分薄田的兩季稻作生產，要養育六個孩子，真是困難重重。

父親為了要改善生活，希望能做點副業來貼補家用。做生意他不懂，於是想利用屋後的河流，寬敞淺水有棵大柳樹下的陰涼部分，圍起來養些鴨子。他相信這樣有水有樹蔭的地方，讓鴨子有伸展的空間，對牠們的成長一定有幫助。把鴨子養大了就可賣錢，多少可為家裡增加一些收入。

父親想養鴨卻身無分文，不得已向鄰居借了三百元。剛離蛋殼的小鴨子一隻五毛錢，他買了兩百隻。又買了兩個竹篾編的，約一米寬、高一尺，可以挑小鴨仔的竹籃。其餘的錢又買了鐵絲網和飼料。

從小鴨子進門後，父親每天早上用竹籃把牠們挑到用鐵絲網圍住的河邊，讓鴨兒在那邊嬉戲覓食，傍晚時分清點過後，又把牠們挑回家，關在作廢的豬欄裡。這樣的動作連續幾天後，鴨子慢慢長大了。雖然父親要挑起竹籃已顯吃力，但是那踉蹌的腳步中卻是充滿了喜悅，因為鴨子變重了，離出攤（出售）的距離又跨進了一步。

父親挑不動後就用趕的，而竹籃裡挑的，變成母親夜裡煮好放涼加了飼料的鴨食，那是鴨子的點心，多吃能加速成長。鴨子長大一些後，牠的活動範圍就變寬了，牠們會攜伴離開鐵絲網，爬過田埂到附近田裡覓食。

天氣好的時候還好，身為老大年僅八、九歲的我，下午放學後就要拿著小竹竿到田裡，和父親分成左右兩邊，把鴨子集合到田頭的路口後點數，數目正確的話就趕回家。在回家的路上，換父親在前面引導，他在桿子的一頭挖個小洞，輕輕吹個口哨，鴨子們就像訓練有素的士兵，隻隻昂首闊步「嘎！嘎！」地集合往前行進。我只跟在後面維持秩序就好，因為鴨子乖巧都跟著前面的走，不會走亂的。就這樣，我們天天在夕陽的餘暉下，伴著鴨兒歸。

偶爾遇到午後雷陣雨時，那一切就不一樣了。本在田裡忙著覓食的鴨子一聽到雷聲就嚇得四處逃避，左躲右閃後就離隊走失了。等雷雨過後，我和父親要趕鴨子回家時，經常數量不夠，此時父親要我留下來找鴨子。

雨後的田埂草蛇亂竄，明知牠無攻擊性，我卻害怕。年紀小又沒穿鞋子，踩在田埂上總是嚇到邊跑邊叫，滑倒了滿身泥濘，還是要爬起來繼續找。我知道鴨子是父親的一切，我要趁天黑之前找回來，不能有閃失。每次父親看到滿身汙泥、一臉驚嚇的我，把遺失的鴨子趕回家時，一向嚴肅的他會說：「還不去洗澡。」

當鴨子出攤時，扣掉預支的成本，以及飼料店的欠資，所剩就不多了。儘管如此，母親還是會在鴨子出攤那天，用牲禮祭拜土地公，感謝土地公的庇佑，讓鴨子順利成長。當時的「祭拜」除了感謝土地公，也是給一家人加菜。

鴨子出攤後，父親又會養下一批，一連好些年。雖然沒看到賺來的鈔票，卻看到我們六個兄弟姊妹慢慢地長高了，有謀生能力了。

每次看到池塘裡的大小鴨子在優游時，我就好懷念那段養鴨的日子。從小鴨子身上，我看到父親肩膀上的擔子，不僅有牠們的重量，還有一家生活的壓力。然而為了子女，即使舉步維艱也不退縮，咬牙努力地跨著每一步。日子就在他步步為營下踏實地走了過來。

很高興有機會在年幼的日子裡，能和父親一起度過養鴨日子。在父親的身上，我學到很多。看他面對困頓時，總是憑堅強的毅力，挺直腰桿來克服，這些珍貴的身教，是他留給我的無形財富。

109.5.31《聯合報》

一個沒有母親的母親節

儘管告別百歲母親已半年多，但是我仍是走不出失親之痛。明知她生如春花之絢爛，逝如秋夜之靜美；一輩子健健康康，快快樂樂；又因她樂善好施，經常熱心助人，被親朋好友、左鄰右舍稱為活菩薩。她是帶著滿滿的祝福而離開的，而我卻是百般不捨，多日來思念之心依然。

每天拿起手機，還是習慣性地撥她的號碼，然後向她打聲招呼：「媽咪喲！歐嗨喲！」如今電話的回音是：「嘟……嘟……」然後是一串：「你撥的電話是空號。……」即使如此，我還是沒關機傻傻地等著，希望媽媽在雲端能和過去一樣，和我話話家常。遺憾的是每一回，我都等到淚流滿面……。

電話打不通我就換個方式，把想對她說的話寫在卡片上。我把不同顏色的卡片，裁成或大或小的形狀。每次要下筆前，先想想今天要和母親說什麼，要說很多話就選大張的，話不多時就寫小張的。反正每晚都會在紙上和母親連線，告訴她家裡很好。

母親一生勤儉，對自己省吃儉用，把平時子女給的零用，除了樂捐助人之外，其餘的都存著。由於她到老都手腳靈活，思緒清晰，所以事先都把餘錢分裝好，裝在紅包袋裡並寫上名字，當子孫手尾錢，每人都有一份留作紀念。

那天當我拿到五萬元的紅包，正要騎機車出門時，機車突然發不動了。送到機車修理店，師傅左試右試後搖頭說：「這部老車很多零件都故障，這型車已停產，沒有零件可換了，不如趁現在政府對舊車有補助，妳可以考慮換新車。」

當下，我覺得有道理。老齡車經常騎到一半就熄火了，馬上造成塞車，影響路況。最可怕的是，午後雷陣雨時，在風雨交加中車子忽然不動了，那種在雨中推車的驚險，讓我談之色變。

考慮之後我決定換新車。當師傅告訴我，新舊交換的貼補，加上一些配件，一共是五萬元時，我幾乎尖叫。想想，我的媽也太神了，要走前送我一部新機車，價錢還嘟嘟好。

如今，我每天在機車相伴下出門，它就像母親一直在我身邊陪伴守護著，我很感激。真沒想到當了七十多年的女兒，在頓失至親之後，要面對母親節，那思念之痛，會是如此刻骨……

110.5.7《人間福報》

母女連線

二十多年前，住在南部鄉下的媽媽，在弟弟的孝心下擁有手機。一開始她不能接受，一個農婦擁有手機的觀念。

她覺得自己又不是什麼名人交遊廣闊，需要手機聯絡互動；也不是做什麼生意的大老闆，需要談生意，利用手機可以拓展業務增加收入。而她只是作田人，每天在田裡與泥土為伴，要除草種菜，汗流浹背，雙手泥濘，工作多到忙不完，哪有美國時間用手機？

雖然媽媽嫌帶了手機累贅，而且手機又貴，還要繳電話費，手機在她身上是種浪費。但是我們姊弟還是耐心地苦勸，軟硬兼施，告訴她手機可以隨身攜帶，她人在哪兒，我們透過手機隨時可以向她問好。

或許她禁不起六個子女連番上陣的疲勞轟炸，最後勉強答應。之後，我每天早上六點整，準時和她連線問候。從「歐嗨喲」到天氣，到左鄰右舍的人情世故，再到她小時候牽著失明的外公出門，和陪著裹腳的外婆養豬餵鴨的點滴，我們無所不談。說到趣味處，母女忍不住地哈哈大笑；說到傷心處，我們又沉默無言。

雖然每天早上的互動，內容都大同小異，但是我就喜歡聽媽媽分享她生命中的許多精采故事，不管悲喜，我都靜靜地聆聽。我所以喜歡聽她說說話，一方面我可以從中瞭解她的心情，知道她當時的狀況，需要鼓勵或需要安慰的，都能適時地給予最貼切的關懷。另外，我最重視的是透過通話，我可從媽媽的音量中，瞭解她的健康狀況。諸如此類，都是我喜歡天天和她連線的重點。

大約兩年前，我經常從她的言談中，發現她有輕微的失智了，因為她會把剛說過的話一再重複。

剛開始，我心裡好難過，但我要自己慢慢地去接受這個事實，因為這是不可逆的。儘管如此，我還是每天準時連線，心想只要能聽到媽媽的聲音，我就放心了。

牛筋草

前幾天百歲媽媽與世長辭了，到現在我還是天天準時和她連線，即使電話裡只有嘟嘟聲，我還是不放棄。我知道母女親情一線牽，一時之間要改變這個多年來的亙常儀式，對我來說有難度，需要一點時間。

109.10.10

牛筋草

這是劉家「彭城堂」前的稻埕，整個夥房的親友們都來參加媽媽的告別式，希望送九十八歲的媽媽最後一程。

七十多年前住在岡山的媽媽，和同樣服務於岡山機場的爸爸，因相識而結婚。她出生在閩南家庭，是講台語的，爸爸是美濃的客家子弟，他們是兩個不同族群的組合。這也意味著在往後的日子裡，媽媽要融入這個大族群勢必辛苦，許多的人情世故，需要適應、磨合及學習。畢竟當時他們對彼此的語言和生活型態是陌生的，平日只能以日語互動。

初來乍到的媽媽，因對客家環境完全陌生，手無縛雞之力，還腳穿皮鞋，當時長輩們信誓旦旦地直言，這個女孩太自不量力了，客家人的飯碗不好捧的。

對於長輩們的不看好，她無言以對，只希望自己能認命，盡本分地做好每件事，無愧於心，就心滿意足了。

媽媽五官立體，輪廓鮮明優雅，身材好，說話輕聲細語，是溫柔賢淑、美麗端莊的。她來到封閉傳統、以農業為主的美濃，從語言、生活習慣，每一項都需從頭開始學習適應。

家裡僅有的兩分薄田，在農業技術差的年代，它的生產力是難以應付一家生活的，於是她學習開源節流。赤腳走在碎石雜草的田埂上，除了每天在太陽底下種作外，回到家還要飼養雞鴨、豬隻，那種風吹日曬的日子，讓初為農婦的她，處處受挫，步步錐心。

那是戰後百廢待舉、物資缺乏、生活艱困的年代，所面對的生活壓力，是沉重與艱苦的，然而她總是逆來順受，忍氣吞聲。由於語言不通和生活文化的不同，常造成誤會或傷害，逼得她花了兩個月的時間學會客家話，融入客家生活。

在農事上她耐心地學習和適應，別人挑肥是兩桶滿，走起路來輕快如飛。她只挑半桶卻舉步維艱，經過她不斷地請益，才發現一肩雙挑是錯的，要左右肩輪流互換，才省力又輕鬆。

當她學會挑擔的技巧後，憑著耐力和不服輸的精神，她一天挑下來的量，是別人的兩倍。這讓她信心滿滿，知道天下無難事，只怕有心人。她始終認為人不怕窮，就怕沒骨氣。她也告訴我，一個人只要有骨氣，就會活得有尊嚴有快樂。

對挑肥、挑農作物，她是低著頭往前衝，這樣的自我磨練，對下田種作，她一樣努力堅持。農田的工作永遠忙不完，春夏秋冬播種收割，隨著不同季節的替換，就有不同的工作要做。在沒有殺草劑問世之前，拔草是件費工的大事，既費時又耗力，這些工作經常由孩子們負責。

我總覺得拔草很煩，菜園裡的草才剛拔完，過兩天又長出來了。有些草還好，生命力不強，拔過以後要等一陣子才會再長。而牛筋草卻很不一樣，它韌性強，不怕踩踏，不怕連根拔起，不僅春風吹又生，而且只要遇上土就能絕處逢生，拔也拔不完。

隨著我們姊弟陸續出生，生活的壓力日漸地沉重。得空時爸爸會去找零工做，媽媽就負責農事和打理家庭。不知是困頓起智慧，還是媽媽比別人多用了心思。為了增加收入，她把家裡的兩塊地分種稻子和雜作，她認為這樣一方面可分擔風險，另方面種些蔬果，平時多少會有收入。

畢竟誰都不知道，把兩塊地都種了稻子，在收割時會不會正好遇上颱風，來個血本無歸，造成一家三餐不繼。所以她未雨綢繆，做了另類選擇，除了種稻外，還種兩行玉米，兩行四季豆，兩行茄子，一些葉菜，靠牆壁的地方種一排小番茄，田頭田尾的溝邊種顆木瓜，也利用河邊的柳樹下種兩顆絲瓜苗和苦瓜苗，讓它們攀樹而上，長些瓜子瓜孫。

當這些蔬果成長時，每天天未亮，她就挑著兩個竹籃到田裡去，摘下這些蔬果清洗過後，挑到街上賣，換取生活費。小時候身為老大的我，每天跟著媽媽下田拔草，被蟲咬時，我會抱怨媽媽真笨，種那麼多種的菜讓我忙不完，連年初一都不能放假。

媽媽對我的抱怨，不曾說過什麼，只告訴我菜色多，讓買者有多種選擇，也可以給自己多些機會多賣些錢。或許當時我年紀小，不懂她說的道理，長大後我懂了。原來是媽媽聰明，用了多元經濟的行銷學。

為了增加收入，她每天總是馬不停蹄地工作。早上賣完菜回來，又趕著挑肥去澆菜，只希望菜源不斷，讓一家能溫飽。

過去不懂父母持家的艱辛，只覺得自己比同伴們少了很多玩耍的機會。漸漸懂事之後，我才發現媽媽挑起的重擔，不管是水肥還是蔬果，都是生活的重量，也是生命的重量，而她一直默默地承擔。

記得我考上初中那年，第一學期註冊費，包括學雜費和制服，一共四百八十元。媽媽為了這筆龐大的學費，在大熱天背著才幾個月大的小弟四處借貸。不知走了多少路，忍下多少冷暖，才湊足學費，讓我順利地穿上中學的制服。

當時我曾告訴媽媽，借貸讓我上學不值，我可以不註冊，把錢還了，既可以無債一身輕，還可以不必承受難以償還的人情債呢！沒想到媽媽信心滿滿笑著要我放心，並要我感謝上天垂憐，在我們最無助的時刻，家裡的老母豬不僅一胎生了十隻豬仔，而且每一隻大小都一樣，有很好的賣相，下個月當豬仔大一些時，就把牠們賣了。她估計所賣的錢，還完註冊費還會有剩的。她的這句話，給了我莫大的安慰，讓我每天展著笑臉，快樂地去上學。

媽媽一直就是這樣，相信美濃這塊土地，會給她無限的希望，會讓她吃穿無虞，會讓她的子孫平安長大。她為了要爭一口氣吃盡苦頭，不怕日曬雨淋。清晨別人還沒下田，她已經在田裡了；日正當中時大家已下工，她還在田裡忙碌。她要讓一直對她有成見的家族看到，客家女人可以做的，她可以做得更好，比美濃人更美濃。

每次聽到長輩們，對一個無親無故來到偏僻的美濃，僅靠著一份對命運執著和堅忍不棄的精神，才走過風霜的女人——我的媽媽，發出肺腑的讚美時，身為女兒的我，是何等的不捨，又何等的引以為榮！

因為我深知，這一句簡單的讚美，他們說的是雲淡風輕，但在媽媽身上，是何其沉重。它承載著媽媽幾十年來用眼淚和血汗，一點一滴、一點一滴，慢慢地堆積而成的。那過程中藏著多少不足以外人道的辛酸，是需要媽媽用智慧和毅力來克服的。而一個單槍匹馬、無處求援的女子，卻願意用生命來換取，那份真情和信心，又是多麼的不容易。

我一直覺得在她生命的劇本裡，是沒有戴斗笠蒔田割禾、上山採柴、噴灑農藥……種種的農村作息的橋段的。偏偏造化弄人，讓她誤入了這個舞台，而她卻能勇於面對，努力地演好這個角色，才換來掌聲。除了農事她可以一把抓，廚房裡要蒸粿做糕，她同樣可以表現出色，做出客家口味。

媽媽除了會農事之外，最最出乎親友意料之外的就是，她把客家「晴耕雨讀」的庭訓，發揮到淋漓盡致。平常的日子裡，若因下雨天無法下田種作時，她一定手捧著書在閱讀，而我這個媽寶也跟在身邊翻著書，日子一久也養成了閱讀的習慣。而媽媽愛閱讀，數十年來一直不變，即使到過世前的一段日子，她還是會翻翻書打發時間。

當我們這群子女日漸長大後，她生活的擔子減輕了，而一向勤快的她是閒不住的。每一回忙完農事，她也會跟著夥房裡的大小姑去打零工，什麼都難不倒她，雖辛苦卻做得開心。

這些年她年歲漸長，弟弟們為了她的安全，不希望她再外出工作，然而已經勤快成習的她，每年晚冬紅豆成熟時，她還會戴著斗笠，提著小桶去撿紅豆。

每一回我回美濃，她總是告訴我，她閒著沒事時就會慌，覺得自己老了沒有用了，所以她才會瞞著弟弟們去撿紅豆的。不過她有注意安全，下雨天她不出門，豆田裡有水的她也不會下田，所以要我放心。對於已經九十好幾的媽媽，偶爾來個小任性，我不好說什麼，會樂觀其成。

媽媽就是這樣，以牛筋草的精神，去面對生命的日常；用身教言教來教育著我們，陪我們成長。我一直把她當作一本無字天書在讀，因為我從她身上學到很多課本裡沒有教過的東西。在應對進退中，學習待人處事；在簡單的生活中，孕育出豐富的精神糧食。諸如此類的人生哲學，是她留給我們子孫的最珍貴資產，別人拿不走的。

前些日子一向身體硬朗的她，忽然因器官老化難以吞嚥，因無法進食影響身體機能的運作，很快地就讓生命畫下句點。

對媽媽的善終，我很感謝上蒼近百年來對媽媽的恩寵，讓她這輩子少有病痛，健康長壽。也很感謝她身邊所有的親友們，數十年來對媽媽的寬容和相助，才成就了她平凡卻精采的一生。更要感謝弟弟、弟妹和妹妹們的孝心，讓媽媽能安享晚年。我更要感謝媽媽，七十多年來對我的呵護和關懷，讓我成了最幸福的女兒。

媽媽就是這樣，生如春花之絢爛，逝如秋夜之靜美。願慈母在菩薩的牽引下，踩著蓮花一路好走。

110.7《警友月刊》

我是農家女兒

中午十一點多，在屋裡忙碌的我，忽然聽到住隔壁的陳姊在陽台上喊我。我連忙走進陽台問：「大姊，有什麼大事嗎？」她笑著回答：正要炒三杯雞，才發現家裡沒有辣椒可以提味，偏偏菜市場人流管制，今天是雙日，而她身分證號碼尾數是單數，所以無法去買。她看我家陽台上的辣椒正紅，問能不能送她一顆，好解決燃眉之急。

我邊笑邊順手摘了五顆如食指般大的辣椒遞給她，順便告訴她，家裡還有九層塔、薄荷、青蔥，有需要時就喊一聲，不用客氣，都是自己種的。她聽完笑著猛點頭。

由於我出身農家，從小跟在父母身邊種菜拔草，在耳濡目染下，就學會一些簡單的種作。把冒芽的地瓜埋在花盆，就會冒出一些地瓜葉；把一時來不及吃完的紅蔥頭或青蔥，也埋在盆裡，它同樣長出翠綠而可以烹煮的新鮮配料。青蔥如此，九層塔也一樣，盆裡有一棵，廚房裡要煮魚湯或是煎蛋，都隨時可以派上用場。

家裡的陽台上除了種有這些廚房必備的佐料之外，我也種滿了花草，一年四季不僅色彩繽紛，還花香四溢。路過的人，會放慢腳步欣賞，順便拍照留念。

鄰居們經常問我，到底有什麼撇步，才可以把花兒顧得這麼好。每一回我都很慎重地回答：別忘了，我是農家女兒，骨子裡多少會藏著務農的好基因。大家聽了，除了哈哈大笑，也會豎起大拇指按個讚。

110.8.11《人間福報》

不墜的音符

或許我是父母的第一個孩子，所以要上小學時，他們特別慎重。媽媽花了好多時間，每天利用忙完農事的夜裡，在暗黃的孤燈下，幫我手縫一個書包，讓我可以背去上學。

書包是黑色棉布做的，四十公分的四方形，有兩條帶子可以掛在肩上。它的前面是用五條白布縫成的五線譜，每一條寬窄都一樣，整齊美觀。譜上繡著四個白色音符，包括2拍的二分音符、1拍的四分音符、½拍的八分音符，以及¼拍的十六分音符。書包的背面貼了一個黑色口袋。媽媽匠心獨運，加上靈巧的針法，所以每個音符都充滿了躍動的生命力，我非常喜歡。

「書包」在六十多年前的鄉下，是不容易看到的。大部分的同學都用一條大方巾，把書本和文具捲在中間，然後繫在腰上。或把布的兩端打成結掛在肩上，就是現成的書包。

由於用大方巾當書包無法綁緊，所以不管繫在腰間或掛在肩上，只要走路的動作太大，書包裡的東西很容易滑落，因此有的同學為了省事，就用竹子或細藤條編的提袋來當書包。

我的書包與眾不同，所以很受女同學的喜愛。有幾位女同學向我借回家，希望自己的媽媽也複製一個，結果都因為少了那份巧思，而做不出那種神韻。

那時候我只知道我的書包是獨一無二的，上面有父母對我的期待，還有媽媽藏在針線裡的愛，但是我從不知道繡在上面的白線代表什麼。升上小二時，班上換了一位長相清秀的女老師，有次上音樂課，她在教我們認識音符時，我才知道我書包上那些音符是有名字和故事的。

從那以後我特別珍惜我的書包，除了隨時保持清潔，讓它少受搓洗外，也特別用功，希望用好成績來回報父母給我的這份愛。

父母仙逝後，我留下幾樣紀念品，用以懷念他們的養育之恩。其中就有已經褪色又變舊的五線譜書包。它除了是我人生的第一個書包外，還有書包裡數十年來揮之不去的屬於媽媽手作的溫暖和緜密的母女親情。

110.5.11《聯合報》

第三輯

家在美濃

又見田園餐

近一年來，因疫情讓很多人無法出國旅遊，於是有業者為了搶商機，推出了田園一日遊，讓久居都市的人們能走出户外，享受駐足田園的樂趣。

那天無意中，在電視新聞裡看到，在一棵大榕樹下，擺了一塊木板，木板上面擺著飯菜，旁邊坐著大人小孩，正在用餐。

雖然幾十年沒再看到這個畫面了，但我還是覺得好熟悉、好溫馨，許多的過往歲月，就如倒帶般一一呈現眼前。

婚後我從小家庭進入大家庭，婆家因耕種面積大，有水田和旱田，所以生活方式和我娘家截然不同。婆家的田有的離家好遠，在交通不便、以足代步的年代，來回一趟需要半天工夫。

為了節省人力，每天一大早，家裡除了老小不能工作的，以及掌廚的人（由媳婦輪流，看媳婦人數而定掌廚的天數），其餘的都要下田去工作，連狗兒也跟去。男丁們駛牛車，載著女眷和一些當天需要的農具，及一大桶開水，就搖搖晃晃地出發了。

到了田裡大家分工合作，孩子們分擔較輕鬆的澆水、拔草的工作；大人負責粗重的，各司其職，沒有怨言。

當日正當中時，會在田頭看到有個戴斗笠、繫著圍裙、挑著竹籃的農婦，正一步步地往我們這邊走來。此時小朋友一發現，會高興地大喊：「飯來了！吃飯了！」

送飯來的就是當天的掌廚人，不是大嫂就是二嫂。她們除了把家裡豬、雞、鴨打理好，就要以很快的速度，把飯菜準備好後，趕在中午時分挑到田裡給家人吃。每次嫂嫂一到，就把擔子放在田頭的榕樹下，再把牛車上從家裡帶來的一塊木板鋪在地上，順便擺上飯菜。等大夥兒洗好手，卸下頭巾、袖套，就開始用餐。

每個人端著飯碗，隨興地或蹲或坐，找自己喜歡的位置吃起飯來。在經濟蕭條的年代，掌廚的人即使是巧婦，也難變出什麼花樣，「餐桌」上除了自己菜園的青菜，還有一系列的醬瓜、醃蘿蔔。有時嫂嫂們會帶來少許的鹽和一個小鋁盆，現摘田裡的幾條小黃瓜，在河裡洗淨切段放入小鋁盆，灑下鹽巴抓幾下，就上桌「加菜」，讓大家吃得開心。

午餐後男眷們躺在樹下休息，我們女眷可不得閒，要摘菜、挑菜，讓送飯來的人帶回家以備晚餐。

田園餐在過去的農村，是農忙期常見的節省時間的用餐方式。自從機器代替了人工，農業機械化後，就不再出現了。

如今乍見田園餐，讓我懷念起過去一家大小在田裡吃飯的趣事。也很感謝兩個嫂嫂當時對我這個不善掌勺的妯娌的體諒，沒讓我參與輪流掌廚，讓我可以輕鬆當農婦。

110.11.1《人間福報》

分散風險

記得好些年前，鄰居的郭媽媽自己用生蛋黃做沙拉，結果她兩歲的小孫子吃過後，一直拉肚子而且高燒不退。一開始醫院把它當成一般腸胃炎處理，但始終不見效。後來做了細菌培養，才發現是因為蛋黃不新鮮帶來的細菌感染。

從那次以後，我買雞蛋都買洗過盒裝的，它比零售商的乾淨衛生。而且每次買不同的產地，例如，這星期買彰化出產的，下回我就買屏東出產的，希望透過這樣的方式來分散風險。買雞蛋如此，買其他的食品，如魚肉、蔬果，我也用這樣的方式處理。

因為每家店賣的貨品，都有它固定的廠牌，像油、醬油、罐頭……，一整條的食物鏈一旦出事，會危險重重。食品這樣，蔬果也不例外，每個商家都會在同一個產區進貨，若有農藥超標或水質因接近某工業區，而有化學毒物，都會讓消費者受到傷害。

所以每隔一段時間，換個品牌或換家商店購買食品，都要比固定一家買，會對食品安全有更大的保障。

其實，對於一個掌廚的主婦來說，為了全家人的健康，無不戰戰競競地採買和煮食，但只要黑心商人不消失，不顧商業道德，一直用不同的方式來欺騙消費者，說實在的，我們也防不勝防啊！

因此，只要商人個個都謹守商業良心，那市面上就沒有食安事件，消費者也就可安心地過日子了。

107.12.16《自由時報》，本文入選「如何避免食安風暴」徵文

從一則廣告開始

記得民國六十九年四月的某天，我第一次拿到《聯合報》，就在「家庭版」上看到一則慶祝母親節徵文活動的廣告，題目是「我家有位好媽媽」，字數約一千八百字。看到截稿只剩三天，我本想放棄，但又覺得機會難得，心想何不藉此寫下媽媽的故事？。

懷著初生之犢不怕虎的傻勁，利用晚上開始寫。在手寫稿紙的年代，保持稿紙乾淨是必需的。剛鋪好稿紙，一想到務農的媽媽，在豔陽下挺著肚子，肩挑兩大桶水肥，舉步維艱的背影，我眼眶一熱就淚滴稿紙。

擦乾眼淚吸口氣，換張稿紙開始下筆，卻因粗心寫錯字，不能塗改又換一張。好不容易寫滿三張六百字的稿紙，重讀時發現有些字句不順，又刪掉再重寫。在不斷的來回重寫中，天就矇矇的亮了。經過再三的潤飾，終於在截稿前送出。

幾天後，我收到《聯合報》寄來粉色的請帖，上面除了恭喜我得獎之外，還歡迎我的家人一同去參加頒獎典禮。五月十一日下午，所有得獎人和家屬都聚在忠孝東路四段當時聯合報大樓的九樓參加盛會，享受盛況空前的母親節。

從那以後我常投稿家庭版，讓心情點滴躍然紙上。偶有刊出還被轉載在北美《世界日報》中文版。

感激當年「家庭版」上的廣告，是它燃起我寫作的火苗，讓我可以盡情揮灑。把生活日常和走過的風景，透過書寫串成無數個精采的篇章。

110.10.5《聯合報》

本文受邀聯副家庭副刊 慶祝創刊七十週年紙上展「我和聯家的第一次」撰稿

冬陽下的溫暖

一連幾天的濕冷天氣，不僅讓人有無精打采的感覺，而且穿起少了陽光味道的衣服，總覺得不夠乾爽舒適，反正整個人在重濕氣的氛圍下，就是很不自在。

那天下午，沉悶幾天的滴答雨終於停了，好不容易看到陽光從落地門灑進客廳。看著滿地大大小小，因風的吹動而不斷移動的白花花陽光「銀子」，我開心地笑了，連忙帶著剛出院的外子，到屋後的公園走走，好曬曬太陽。

雖然，他拄著拐杖走路緩慢，但好天氣為我們帶來的好心情，讓我們腳步變得輕盈，很快地就到了公園的大榕樹下。這是棵百年老榕，不高卻開枝散葉很寬闊，樹底下有很多檜木做的椅子。夏天涼風徐來，涼爽舒暢；冬天陽光穿過樹梢，帶來滿滿的溫暖。

我們剛坐下椅子，就有推著阿公、阿嬤的移工陸續地過來。她們大部分來自印尼，所以每個人都包著頭巾。或許是她們好不容易他鄉遇故知，所以大家的臉上，都開著燦爛的花朵，散發著如歌的笑聲。

一位個兒嬌小、圍著褚紅色圍巾的女孩，拿著毛巾不停地幫輪椅上的阿公擦口水，還問著：「阿公，曬太陽有沒有很開心哪？」雖然阿公緊閉雙眼沒有反應，她還是耐著性子逗阿公，希望阿公能擠出一絲笑意，開心地笑一個。

一位皮膚不是很白、兩顆眼睛卻大而有神、圍著深藍色圍巾的姑娘，她顧的是白白胖胖、帶著呢絨帽的阿嬤。她蹲在地上不斷地幫阿嬤捏著腿，還不忘問阿嬤：「這樣舒不舒服呀？」阿嬤沒開口，倒是抿著嘴笑了。小姑娘還趁勢捏了捏阿嬤肉肉的臉蛋，讓阿嬤笑得更開心。

另一位穿著長裙、金色的圍巾從頭頂垂到腰下的小姐，她顧的是插著鼻胃管、滿臉皺紋的老公公，不管小姐怎麼逗他，或幫他扳手指，他就穩若泰山，似乎沒有任何感覺。儘管如此，這位移工還是很認真用心，不放棄任何一個對老公有幫助的動作。在捏肩膀時，偶爾還會低下頭，在阿公的額頭上親一下，那動作俏皮可愛。我相信不能言語的老公，心裡一定很感激這位如女兒般的移工給他的滿滿愛意。

榕樹下就是這樣，不僅冬陽高照溫暖滿地，讓人感到舒服開心。而這些移工們，為沒有血緣的阿公阿嬤所付出的愛，同樣溫暖著你我的心。

109.12.30《人間福報》

天晴防落雨

那天在娘家，天矇矇亮我就到屋外田裡走走，走著走著就走到大弟種的牧草園。翠綠欲滴的牧草高過人頭，那是鹿兒的主食，大弟因養鹿每天的需要量很多，所以都自己種，這樣不僅可節省開支，還可以把多出來的賣給需要的人家。

由於種牧草也需要人工，今天割完了，就要立即施肥除草。明天割的也做同樣的動作，就這樣周而復始，才不會有斷糧的情況。

雖然當時天還沒有全亮，但是弟媳已戴著斗笠、袖套、包巾，正在彎腰拔草，我走近後也立刻彎下身來幫忙。我們雙手忙著，嘴也不停地話家常。我趁機說：「天氣轉涼了露水重，就不必那麼早下田。畢竟年過七十了，終年無休止地勞動工作，必定會有超體力的負荷，這些是自己家的工作，就放輕鬆一些……。」

她聽我這麼說，立刻笑著說：「還好，早一點下田就早一點收工，因為南部的天氣一到中午就飆到三十度以上，頭都會曬昏的。這一點我有在注意，累了就回家，明天再繼續，反正種田人家一刻不得閒，東邊做完就換西邊。能做就是福，自己做省了工錢和農藥錢，這些可以積少成多，天晴就要防落雨，生活就無虞了。」

聽到「天晴防落雨」，這句話對生長在客家的孩子來說是不陌生的，它是每個家庭的庭訓，從小父母就告訴我們，工作要努力，生活要節儉，這樣才能讓日子過得安穩。

記得要結婚時，一向很少開口和我說話的阿爸，也很慎重地提醒我，女人持家要懂得量入為出，千萬記住「天晴防落雨」，只要做好它，基本上一家人的生活就不會有什麼大問題。剛進婆家門，年輕就守寡的婆婆也常在有意無意間，告訴我這個道裡。

婚後我照著這個家訓持家，數十年來不敢或忘。日子雖然沒有大富大貴，但衣食無缺，全家過著幸福快樂的日子。我想這也是客家婦女，所以給人好印象的原因吧！

109.9.25《人間福報》

用買書振興書店

我一直有閱讀的習慣，所以經常逛書店買書。這些年每次帶著孩子去逛書街時，總覺得每來一次，書店又會少了一些。那種感覺除了難過，還有失望。

近年來因網路發達，很多人不再看實體書，而改看電子書，讓需要大空間和高成本的書店難以維生。書店就在大環境的衝擊下，一間間地消失，讓平時愛看書的人愛莫能助。

前陣子又看到陪伴許多人成長的「敦南誠品」熄燈了。或許是再一次看到這麼有規模的書店，從生活中消失，所以我除了經常買書之外，也要把這次政府的振興券，統統花在書店裡。

相信只要大家願意接近書香，養成愛閱讀的習慣，省下喝飲料的錢多買幾本書，必能振興書店經濟。只要有書店，就可以提供讀者更豐富的資訊，何樂而不為？

109.8.8《國語日報》，本文入選「如何使用振興券」徵文

只賣半隻豬的媽媽

小時候常聽長輩們說：「一個家少了男主人，日子雖然會過得比較辛苦，但是當母親的總會憑著堅強的毅力想盡辦法，即使吃再多的苦也不畏懼，就是要把子女拉拔長大。若一個家少了女主人，這個家的生活就很容易變樣，多數的男人耐心不足，韌性不強，遇到困難會以各種的理由來推卸責任，讓一個家少了一些動力和朝氣。」

過去我對於老祖母的話似懂非懂，總覺得同樣少一個人，家的日常怎麼會因性別不同而有差別呢？這個問號一直讓我疑惑，直到有一年村子裡發生大事，我從兩個家庭中找到了答案。

那一年強烈颱風來襲，它不僅風大還帶來豪雨。在瓦斯還不普及的鄉下，每次颱風過後，村子裡的人都會相約駕著牛車，到六龜的荖濃溪撿漂流木回來當柴火。畢竟漂流木扎實耐燒，比起一般的樹枝或甘蔗葉要好上很多倍，所以非常受莊稼的歡迎。

那一次有六個人駕了三輛牛車前去，其中一輛是夫妻檔，另外是由四個家庭各去一個人的組合。那天雖然天氣晴朗，但是溪裡的水還是非常湍急。當他們各自下河後，每個人所處的位置因深淺不同，因此風險也不一樣。

就這樣阿東伯和阿秋嬸，才下河不久就隨著洶湧混濁的溪水消失了。於是一夕之間，兩個家庭突然成了單親家庭。阿東伯的太太失去了丈夫後，每天背著孩子到處打零工，儘管悲痛欲絕、辛苦無助，但她咬牙撐著，只希望給孩子一個可以安心的家，母子可以一起過日子。

反觀阿秋嬸的丈夫，因家裡少了女主人，他心情不好就借酒澆愁，天黑了孩子們沒洗澡也沒飯吃，一個家冷清得可怕。雖然左鄰右舍的婆婆媽媽們都經常伸出援手，幫孩子們打理乾淨，也不厭其煩地鼓勵他要走出來，重新開始讓孩子們有個溫暖的家。但是他就像個洩氣的氣球，始終悶悶不樂，讓長輩們既生氣又無奈。而最可憐的莫過於那五個如階梯般的孩子，他們少了娘已經夠可憐，偏偏活著的爹又不爭氣。自從目睹這兩家的情景之後，阿嬤的話我懂了。

記得剛搬到這個社區之後，和鄰居們一起上市場時，她們告訴我這樣一個故事。市場裡右邊第二個豬肉攤每天只賣半隻豬肉，所以有需要就早點來買，以免白走一趟。

原來四十年前賣豬肉的老闆因病過世，一直在家帶小孩的年輕老闆娘，不得已只好替夫出征。為了要做生意，也為了要照顧年幼的子女，所以她每天只賣半隻豬肉，賣完就回家陪孩子。在超市還不普遍的年代，豬肉攤的收入是很可觀的，但她以孩子為重，能照顧好孩子對她來說，要比賺錢重要。

如今幾十年過去了，她擁有兩家店面，一個孩子是醫生，另一個是教授。儘管生活無虞，但已經工作習慣的她，還是過著以往的生活。她認為能做就是福，有工作做日子過得快，也不會覺得自己老了，所以她還是天天做生意。

或許是女性基因的特質關係，總覺得絕大多數的女性，面對挫折時都能發揮極大的韌性和吃苦耐勞的精神，把家撐起來，把孩子扶養長大。這位媽媽就是一個典範，很值得我為她書寫，來分享給大家。

109.2《警友月刊》雜誌

陋巷風情

陰雨了好幾天，終於看到陽光乍現。巷子裡的婆婆媽媽們，為了不辜負這大好時光，迫不及待地拿出棉被，曬在椅子上、竹竿上或車頂上，希望透過陽光，把棉被曬得暖和，讓家人擁被而眠時，有一夜的好夢。

記得小時候，媽媽經常要身為老大的我，先把椅子搬到曬穀場排好，然後就把棉被鋪在上頭，好好地讓它曬曬太陽。因為太陽會把棉被的溼氣曬掉，讓棉被變得蓬鬆，蓋起來更暖和舒適。另外，曬過的棉被因吸足了陽光，還會散發出陣陣的陽光味呢！曬棉被除了要隨時注意天氣外，每隔兩個小時要把它翻個面，讓兩面鋪曬均勻。而且在翻面時，順便拿隻短棍子，在被面上拍打，打去塵垢或異味。

每次在曬棉被時，媽媽總是會不厭其煩地告訴我曬棉被的方法，及曬過後帶來的種種好處，希望我能學起來。

移居台北後，總發覺台北的冬天，濕冷的天氣特別多，要有好天氣很難。好不容易今天陽光露臉了，鄰居們連忙搬出棉被來曬。雖然曬棉被的情景，在鄉下四處可見，但是在首屈一指的台北市，要讓整條巷子一時成為五顏六色的棉被街，那是罕見又有趣的。難怪路過的人，紛紛舉起手機拍照留念。

110.12.20《人間福報》

另類老師

同事阿香有事藏不住，一定要說出來，像母親節兒子帶她到哪兒玩，又吃了什麼好料的。她為了表示自己不是膨風，手機裡都有照片存證。

其他的同事不喜歡她三天兩頭拿些家事來炫耀，就怕別人不知道她命好似的。而我卻不這麼覺得，我用另一種方式來思考，覺得她是我的另類老師，因為我可以從她言談舉止中學到很多。

例如，她在某餐廳吃到什麼特殊的料理，我就從她的照片中，記下一些配料，然後自己下廚試做。經過一次兩次後，我真的做出和她吃過的一模一樣的五星級名菜來。

她們夫妻愛旅遊，三不五時行李箱一拉就出國去了，手機上有滿滿的異國風情，這對愛旅遊的我是致命的吸引力。於是我上網查一下，先看美景再聽聽她說該國的風土民情，一切就呼之欲出了，好像我也身歷其境，玩了一趟回來，那開心和滿足也可過個乾癮耶！

她不僅愛展玩樂，也喜歡展現她買的衣物或首飾，她覺得她買的某牌某款的包包，比另一個品牌的好看又便宜。因有了她做先鋒，還免費提供了價位和款式，讓想買的我有了很珍貴的參考價值。想想，這是她付出了代價，才幫我換來的經驗，怎不感激呢？

每個人因個性不同，有人拘謹，有人愛展，就看你以什麼角度去面對，只要沒有惡意，在某種程度上，我是可以接受的。

110.1.10《自由時報》，本文入選「愛現讓人厭？」徵文

生意囝仔

一大早剛進市場，就看到七歲的小美牽著三歲的安安走過來，笑瞇瞇地不斷向路過的阿公阿嬤喊著：「阿公早！阿嬤早！」聽到的人總會開心地說：「這就是生意囝仔（生意人家的孩子），嘴甜哪！」

每次上市場買魚，我一定到「美女」那攤採買。不是因為她年輕漂亮，也不是她賣的魚有多新鮮，而是希望給年紀輕輕就必須獨自扶養兩個小孩的她一點點的鼓勵。

來自阿美族的她，五官俊俏，身材姣好，染著金黃帶著波浪的披肩長髮，習慣性地往左肩放，唇上是油亮的紫紅色口紅，配著眨呀眨的大眼睛，就一副美人胚子，婆婆媽媽們就稱她是「美女」，是全市場最年輕的攤商。

聽說她國中畢業後就去當了檳榔西施，也學會了抽菸喝酒。十七歲時就生下女兒「小美」，當時對方不願意負責任，就從人間蒸發了。為了生活，她投靠賣魚的姊夫和姊姊。

雖然賣魚的工作辛苦，整天要站著刮鱗剖魚，還要和魚腥味為伍。然而在為母則強的生活壓力下，她坦然面對，還把抽菸喝酒的習慣改了。

二十歲那年姊姊和姊夫退休了，她接下魚攤，並學會開車，到早市批魚貨，再到市場零售。而以前背在她身上的小美已經四歲了，不僅比同年齡的小朋友高一個頭，連講話的口氣也成熟很多。

或許是她每天跟在媽媽身邊，耳濡目染媽媽的作息，知道塑膠袋在哪兒買，青菜又在哪家買，只要媽媽把寫著要買東西的紙條交給她，她就能把東西買回來。有時提得滿臉通紅，有時提得踉踉蹌蹌，但她就是不負重任。很多長輩們看了都會說：「這就是生意囝仔，提不動也得提。」

有一陣子美女因為生意忙，請來一位帥哥幫忙，或許是彼此都年輕，所以很快迸出火花。這位高壯的年輕人不僅是美女的得力助手，最最重要的是他對小美視如己出，這點美女很在意。

因相愛很快地就傳出他們結婚了，沒多久美女就生了一個女兒「安安」。有了安安小美就像小媽媽一樣，一下子餵牛奶，一下子逗她笑，讓美女安心地招呼客人。

安安學會走路時，小美就牽著她在市場附近逛，順便買媽媽交代的東西。兩姊妹的可愛模樣，讓大家都替美女高興。然而好景不常，美女和另一半因個性不合分手了，留下母女三人。

此時小美長高了，七歲的她得空就站在攤前當小幫手，幫媽媽找零錢，或遞塑膠袋給客人裝魚丸。客人買好東西要離去時，她一定笑瞇瞇地說：「謝謝！要再來買唷！」那模樣不知牽動了多少婆婆媽媽的心。

每次看到小美的懂事、貼心，我都好感動。想想，她還這麼小就必須去面對生活上的壓力，真的有點沉重。除了多向她家買魚，看到她時給她一句讚美之外，我真的不知道，還能為她做什麼？

110.1.7《中華日報》

先生進產房，免了

許多女人要進產房生孩子時，都希望另一半能在身邊陪產，幫自己加油打氣。有人說讓另一半陪產，可讓他目睹女人生產過程的種種辛苦，在同理心驅使下，往後他會更珍惜妻子、孩子，因為這是妻子用命換來的。也有人說在生命交關的產房，要是有另一半的陪伴，這樣會讓女人多了一份安全感。有了安全感就會忘掉痛苦，少了痛苦，生產過程會更具信心和順利。

儘管很多人鼓勵先生進產房，但我卻覺得沒有這個必要。一方面有他在身旁我會覺得不自在，而且容易分心；另一方面，我不希望我那咬牙切齒的痛苦畫面，讓他留在腦海裡揮之不去，進而影響他的情緒。所以我進產房，從不讓另一半陪，我自認我有勇氣可以承擔。

記得我每次生小孩時，他送我到醫院後，我要他放心把我交給醫生和護士就好。另外，我也信心滿滿地告訴他，有菩薩保佑，我和孩子一定會平平安安的。

或許我們都是虔誠的佛教徒，始終相信信仰的力量無邊，所以每一回我進了產房後，就要他在產房外等，只要一直默默地念著「阿彌陀佛」就好。心想，有他在房外祈禱，我在裡面有醫護人員照顧，我就沒什麼好怕了，這樣就可順利生產了。

我始終覺得一個人可以做的事，就一個人做，生孩子也然，我是信心十足。

109.2.9《自由時報》，本文入選「女人進產房，先生是否陪產？」徵文

多了一個女兒

梅姊的獨子四十多歲了，十多年前和大學學妹住在一起。當時梅姊夫婦很傷腦筋，總覺得既然相愛就把婚結了，不結婚又為什麼要住在一起？

兩老的意見年輕人不採納，小倆口認為相愛了，能住在一起就幸福，至於結不結婚就不重要了。雖然兩代各持己見，各有各的說法，彼此說的好像也有道理，所以婚還是沒結。日子就這麼各自過著，也都相安無事。兒子的女朋友瑞瑞一直很尊敬梅姊夫婦，他們也沒把她當外人。

前些年梅姊的丈夫和兒子，因某件事鬧意見，結果一對屬牛的父子，既倔強牛脾氣又大，於是幾年來兩隻牛都避不見面。為了要讓這對父子言歸於好，瑞瑞總是用心良苦，安排聚會用餐或小旅遊，當個無形的橋梁從中斡旋，希望這對牛父子能把親情擺中間，面子擱旁邊，免得兩敗俱傷，裡子面子盡失。可惜她的努力一再被識破，弄得裡外不是人。她的努力沒有成功，那兩隻牛角還是卡得緊緊的。

之後瑞瑞不再安排什麼，自己三不五時就會去探望梅姊夫婦，請個安，問聲好。有時藉機送些吃的，或送他們兩張音樂會的票，抑或兩張餐點禮券，希望他們夫婦偶爾出去走走，吃吃飯，散散心。

這些貼心的小動作，一直都讓梅姊夫婦很感動。每次梅姊和我提起這位女孩的善解人意，總是眉開眼笑，她常說女孩家教好又知書達禮。他們夫婦一直覺得很幸運，真沒想到生命中，會無意中多了一個女兒。雖然她和兒子沒有婚姻關係，但是到目前為止，她為他們夫婦所做的就是比兒子多，這是不爭的事實。

110.7.15

她們能，我爲什麼不能？

離開學校不久，我就走入婚姻。在夫家妯娌中，眼看嫂嫂們逢年過節時包粽子、蒸年糕、炊發糕、搓湯圓、做手縫無所不能的樣子，我就好羨慕。我常想同樣是女人，為什麼她們的巧手可以做出好多的東西，而我什麼都不會。

為了要讓自己也能學一技之長，我努力地參與她們的每個動作，從清洗鍋具、準備配料，到下鍋煮熟，每個環節我都用心看並實際操作，遇有不懂的就請教她們。就在一次次的經驗中摸索成長，就在我鍥而不捨的努力學習之下，我也學會一些手藝。

剛分家時，我就分得一個房間。我把床挪到最裡面，門口擺了一張裁桌，桌旁放著父母給我的嫁妝——縫衣機。就這樣我開始幫婆婆媽媽們做成衣，這在成衣不是大量化之前，是可以顧家、帶小孩，不必外出上班，卻比上班收入更多的行業。

每天孩子們在裁桌上吃飯、寫功課，我就踩著喀啦喀啦的縫衣機。隨著縫衣機輪子的轉動，孩子們慢慢地長高了，我也靠著一針一線換來大坪數的房子，讓一家人住得寬敞舒適些。

我因有洋裁的底子，所以當成衣大眾化之後，我就做布包自做自銷，同樣可以闖出屬於自己的一片天。

我常覺得人生的智慧，不是與生俱來的，需要不斷地摸索思考，從不同的經驗中學習。很慶幸在妯娌們的啓發下，我開創了自己的路。

110.7.8

綠竹筍

「象山」登山口一大早就有一位戴著斗笠、圍著灰白圍裙、穿著雨靴的老阿嬤，蹲在地上賣竹筍，還順便剝筍殼。

她邊剝邊說：「透早就上山挖的，新鮮清甜，不管涼拌或煮排骨都好吃，尤其是端午前後生產的竹筍香氣特濃。」聽得兩位買筍的太太笑開了懷，連忙說：「天氣這麼熱，今天就吃排骨竹筍湯。」

我也買了兩條想做涼拌。所以會買除了它脆甜之外，我是想睹「筍」思人。

七歲那年端午節前幾天，媽媽因胎死腹中，必須到離家很遠的高雄去住院治療。爸爸陪媽媽去了，到天黑都還沒回來，我和兩個弟弟就坐在門檻上等，等著等著就睡著了。

在資訊交通都不發達的年代，我不知道父母什麼時候會回來。只記得第二天一大早，住在美濃山上，從小被送去當童養媳的姑姑就來我家，接我們去她家住。

她家在半山腰，要走碎石子路，她身上背著二弟，左右手牽著我和大弟。我和大弟因腳底磨破了，才走一小段路就哭了起來，還吵著要回家。

姑媽家只有窄窄的三間茅屋，分別當臥室、廚房兼餐廳並放農具。牆壁是用竹片編的，有很多縫隙，老鼠爬來爬去。

她家沒田地，只能靠山吃山，利用不同的季節，把不同的山產挑到山底下變賣，換些日用品過日子。家裡忽然多了我們三姊弟，他們的負擔變重了。即使如此，姑父母和四個半大不小的表哥，卻和顏相待，讓我們沒有寄人籬下的無奈。

由於當時是綠竹筍的盛產期，每天半夜姑丈就領著表哥們，拿著燭火上山挖竹筍。把它整理過後，趁著天已亮，就由姑丈和姑姑分別挑下山去賣。而三個年長一些的表哥，又繼續回山上工作，要割棕櫚、打木棉花、採野菜、砍竹子，留下和我年齡相近的四表哥在家照顧我們。

四表哥會背著二弟，帶著我們在附近摘野果、抓蟬隻、灌蟋蟀……，還會用樹薯粉煎餅給我們吃。二弟哭鬧時，他還會把自己做的胡琴拿出來拉山歌娛樂我們。儘管咿咿呀呀的，但我們還是覺得非常好玩，被逗得笑呵呵。

姑父母賣完竹筍就會帶些食物回來，幫我們加加菜，讓我們好開心。午後時分，他們夫婦就坐在門口的榕樹下，把表哥們割回來的棕櫚編織成掃帚。也會把竹子剖開，再分別剖成長長短短的竹篾，然後憑想像編織成大大小小的竹具，像竹籃、燈籠、畚箕、竹篩、竹椅……。反正他們像魔術師、像藝術創作者，不用繪圖、不用設計，只憑一雙手，就能把一根竹子變成各式各樣的物品。

我每天坐在石頭上看著他們，兩隻手左閃右閃的，一件件精緻的產品就完成了，令我覺得既驚訝又有趣。

姑媽家就是這樣，為了生活全家在山裡穿梭。竹筍期過了就賣些竹製品或野果，生活並不富裕，而他們樂天知命，總是哼著歌兒工作，讓日子愜意輕鬆過。雖然我們很喜歡住姑媽家，但是媽媽出院後我們就離開了。

長大後，每一回想到當時姑媽家家徒四壁，卻願意在我們最無助時收留我們，那份情讓我們姊弟一直感念不已。

如今又是綠竹筍的盛產期，看到它又讓我想起和姑姑一家患難與共的美好日子。

109.8.23《聯合報》

自食惡果

自從有了網路之後，不僅帶來許多生活上的方便，而且縮短了人與人之間的距離，更重要的是，任何人只要願意，都可把生活上的喜怒哀樂，透過網路分享給認識與不認識的網友們來分享。

好友的女兒小芬，因為曾失過婚，所以要再婚時，她的準婆婆非常在意，認為兒子未婚，怎麼可以娶個嫁過人的媳婦。雖然婆婆不贊成她們的婚姻，但最終還是阻止不了兒子非她不娶的願望。

小芬嫁入婆家後，婆婆對她百般挑剔，因此婆媳相處不好。為了希望婆婆能接納她，她曾對婆婆百般示好，也曾透過老公幫忙協調，但婆婆還是喜歡惡言相向。日子一久，她老公也因為家中的婆媳問題，感覺很為難，於是對她變得有些冷淡。

小芬覺得婚後的生活，不是她想像中這麼美好，因此有事沒事就上網吐吐怨氣，希望眾人評評理，並說婆婆就是刻薄，難怪公公會有外遇。原本她是想，把自己的委屈說出來，希望獲得別人的同情，另外她也有一點想讓婆婆難堪一下，殺殺婆婆的霸氣，沒想到她的做法，正好踩到婆婆的地雷。

夫家對小芬的行為，自然是無法諒解，於是才兩年的婚姻，就這樣畫下休止符。

我覺得水能載舟也能覆舟，網路也一樣帶來方便，也同樣會因為太方便，而帶來很負面的結果，所以希望要爆家醜前，先三思吧！

102.12.22《自由時報》，本文入選「網路帶來的震撼」徵文

自娛娛人兼做公益

每個人因個性或環境的關係，對退休後的生活選擇，也都有不一樣的風貌。

兩個堂哥退休後，趁著還有體力，夫妻倆先是到世界各國去觀光。之後就和朋友共同開著休旅車，裡面放著水泥、磚塊，還有一些做土水的工具，開始環島旅行。

從台北往南出發，邊走邊玩，走到哪兒發現路邊有缺損的，一群人立刻下車修補，完成後再繼續往前。他們除了修橋鋪路，也曾幫果農摘水果，或幫人割稻子，以工換宿。這樣一年兩趟出遠門，一趟約兩個月，自助助人好不快樂。

八十歲以後，曾經是合唱團的兩兄弟，開始走唱天涯。哥哥對口琴情有獨鍾，長短琴搭配更是一絕，弟弟有好歌喉，兄弟倆沒事就到公園或人多的廣場，唱唱歌自娛娛人。

很多聽眾看到他們年紀大了，還這麼熱情地唱歌，讓大家快樂，除了掌聲給予鼓勵之外也會打賞。兄弟倆本來就有退休俸，過日子沒問題，於是把這些賞金，如數轉交給老人慈善機構，希望去幫助無助的老人。

他們唱遍台北城之後，帶著行李開始坐上火車，到處去傳唱。聽說到鄉下的小學操場唱歌時，兄弟有一人會穿上小丑裝，利用間奏時跳跳舞、耍耍寶，讓觀眾們笑開懷，自己也樂得開心。

他們喜歡找樂子，不因自己年歲已長，而局限自己的發展。相反地，他們利用自己的優勢，帶著健康的身體和一顆樂意分享的心，走出戶外和外界連結。除了把歡樂帶給大家，還兼做公益，真難得。

110.11.15《人間福報》

孝女白琴

喜歡聽故事的我，最喜歡和白姊一起擺攤，因為曾經做過「特種行業」的她，有很豐富的工作經驗，有說不完的精采故事。

二十五歲那年因媽媽生重病，當醫生告訴她，媽媽還有半年的日子時，她無法接受才五十歲、年輕漂亮又事業有成的媽媽，即將消失人間，便躲在廁所邊捶牆壁邊痛哭，哭到昏倒被送急診。

為了要陪媽媽熬過治療的日子，身為獨生女的她，立刻辭去高薪工作，陪著媽媽進出醫院，在病榻前侍湯奉藥。儘管媽媽有她貼心的照顧，無奈造化弄人，最後一切真如醫生所料。

媽媽這麼年輕就過世，奶奶心疼，決定要為媳婦辦個體面的喪禮，讓媳婦有尊嚴地離開這個世界。那年頭在傳統的鄉下，都流行請孝女白琴來助陣充場面，因陣仗大感覺就風光。

告別式那天，孝女白琴——阿鳳來到她家，穿上孝服，雙腳一跪，開始呼天搶地的邊哭邊往放棺木的大廳爬。那一聲聲淒厲又押韻的對往生者的思念和感恩的話語，一句句都讓身為女兒的她，多日來的鬱悶、難過、不捨得以宣洩。

當時白姊目睹阿鳳對一位陌生又沒有血緣的往生者，可以哭得如此肝腸寸斷，兩眼紅腫，那份真誠比起親生女兒的她，有過之而無不及。她很感動，也覺得這是很有意義的工作。

不知是機緣，還是她有一顆悲憫的心，樂意當陌生人的送行者，於是在眾親友的反對之下，原本就姓白的她，就加入了孝女白琴的行列。

或許是她打從心底喜歡這份工作，雖然每天要接八場到十場的告別式，每場約四十分鐘，一場結束後就趕下一場，看似辛苦，但她卻甘之如飴。

為了要表達對這份工作的熱忱，及對往生者和家屬的尊重，對每一場的往生者生平，她都用心做功課，把公司所給的資料詳細地揣摩並消化。

她認為不管是哭爹還是哭娘，都要兢兢業業，把工作做到最完美才無愧於心。

一場結束後就讓腦袋淨空，再存入下一場的檔案，趁著在趕場的路上不斷地重複練習，絕對絕對不能有任何的閃失。

每天她只要穿上孝服，拿起麥克風，一想到失去的媽媽，馬上悲從中來，立刻進入狀況，又跪又爬的，不僅讓現場悲戚的氣氛飆高，也催出家屬強忍住的淚水。有好多次因她太投入站不起來，還讓家屬來攙扶並給予安慰哪！

在當孝女的十五年日子裡，她見過人間百態。有子女為了爭財產，在現場演起全武行，讓在場的親友搖頭嘆息；有浪子在父母的棺木上，為了懺悔把頭叩得皮破血流；有人為了亡妻，唱著自編的歌曲，以一唱三歎的方式，泣訴著對妻子無限的感激。

由於這份工作，對很多人來說是有忌諱的。她曾經遇上兩個傾慕者，知道她的行業後，一個要她立刻轉行，一個聽了嚇得臉色變青，支支吾吾地退了幾步拔腿就跑。

後來白姊在一個告別式上，碰到來當「代職孝子」的另一半（有人膝下無子或兒子在外地一時趕不回來，必須有孝子捧斗，所以有這個代職角色）。或許是同行無忌，也或許是美滿姻緣天注定，孝男孝女從此變成了一家。

當這個行業沒落後，夫妻倆離開職場，幫母舅外銷工廠的樣品鞋拿來市場賣。因沒有經濟壓力，過著自由自在的生活。

白姊說她很感謝人生裡有那段日子的磨練和見識，讓她體會出生命的脆弱和無常，也更加明白「人生一世，草生一春，來如風雨，去似無塵」的道理。

110.1.16《聯合報》

家在美濃，歡迎來玩

其實在拜讀二月九日蘇之涵的〈白蘿蔔與小番茄〉的前幾天，我一直都在美濃老家的禾埕上，幫忙家人把整理乾淨的白玉蘿蔔和澄蜜香番茄秤好裝箱，好趕在過年前送到消費者手裡。這些動作是每年歲末，在美濃鄉間的盛事，也是經濟的來源。

自從白玉蘿蔔和澄蜜香番茄在美濃試種成功，並打開知名度以來，它成了美濃繼「黃金菸葉」後價值最高的經濟作物。

美濃三面環山，一面環水，是個好山好水、陽光普照的純樸農村。它沒有工業汙染，所有的水源都來自高山，加上這兒住著來自客家最善良勤儉的子民。在天時、地利、人和之下，孕育出全省獨一無二、潔白如玉、多汁鮮甜的白玉蘿蔔，和閃耀著黃金光芒的澄蜜香番茄。

每年第二期稻作收成完，農民們開始翻田整地。過了雨水充沛的颱風季節後，就開始灑下白玉蘿蔔的種子和移植番茄苗。

想種什麼農作，就看田園主人。有些人家地多就多種幾種，種蘿蔔也種番茄；而地少的人家就專種一種，紅豆或黃豆。這樣的選擇除了可避風險外，還可以在採收時，少受工人難請的衝擊。

由於現在的農村勞力外移嚴重，偏偏作物成熟時，採收的時間很多是重疊的，需要大量的人力資源，而人力需求的考量，會影響選種的意願。例如，種豆就省工，一切交給機器，而種其他作物的就得靠人工協助。

每到了採收期，有些人家的子女，在附近城市工作的，下了班或假日就會回美濃幫忙。有些家人無法幫忙的，就採用契作方式，讓對方來認養。因此蘿蔔盛產期，在美濃的道路上，四處塞車，盛況空前。許多周邊縣市的朋友，會攜家帶眷來美濃體驗拔蘿蔔的樂趣，既親子同遊又滿載而歸。

美濃四季如春，土地富庶，到處欣欣向榮，盛產各種高品質蔬果，經銷全省，各種姓氏的夥房（傳統的三合院）錯落在綠野平疇中。走一趟美濃可以感受客家的風情文化，順便欣賞傳統建築藝術之美。另外從每個三合院的堂號中，可以瞭解主人的姓氏，例如「彭城堂」是姓劉的，「穎川堂」就是姓鍾的。

從屋前屋後的花牆，或在巴掌般大的小土上，種上奇花異草的繽紛，就可發現客家人善用土地的熱忱，以及美化環境的用心。

歡迎大家來美濃作客，除了可以享用客家來自天然的美食，也可體會一下屬於美濃的寧靜與祥和，及濃濃的人情味，還能聽聽先民們篳路藍縷來此，落地生根的精采故事。

110.4.1《聯合報》

修復心語

一場太魯閣號的大車禍，撞出了負責人員的疏失，撞出了嚴重的傷亡，撞碎了許多溫暖的家庭，也撞出了很多溫馨感人的故事。包括救難人員無日無夜地進出災難現場，在黑暗的隧道中，用盡辦法把傷亡者救出；也有來自四面八方的物資救援，希望給救難人員打氣；更有一群遺體修復師，憑著一顆炙熱慈悲的心，靈巧的雙手，為了替亡者守住最後尊嚴，都放下身邊工作趕去幫忙。

已經好久未見的張姊，那天看到她，感覺她瘦了。我問：「最近好嗎？」她苦笑著回答：「剛從花蓮回來，正在調適那股無形的壓力，希望能趕快恢復。」

她本是外科急診室的護理師，後來投入修復工作行列。認識她好多年了，因她喜歡我的手作布包，經常向我買去當禮物送人。時日一久，我們變成朋友，她有需要時就會出現在我攤前。

那天聽她聊起這幾天的工作，讓我對她們的敬業更加佩服。聽說當天她們的同仁一聽到這個不幸消息，就連忙集合出發。因連假到處塞車，在馬路上當她們的座車響起鳴笛，前面的車子都自動閃躲讓路，讓她們可以順利到達災區。

下了車，目睹到各式各樣的慘況，每個人雖然難過，但是馬上調整心緒，穿好裝備立刻動手，希望盡快地幫罹難者修復儀容，讓他們早日安息。

由於這次的遺體都經過擦撞、擠壓，有很多不僅身上沾滿泥沙，還皮開肉綻地變形，甚至缺腿或缺胳臂的。為了讓這些遺體能完整無缺，她們要幫忙清洗、縫合、填充、重建、化妝……，諸如此類的繁雜動作，不僅會帶來修復的困難，也會增加完成的時間。每個大體都需要幾個人共同作業，大家分工合作，與時間賽跑。

在幫每位遺體修復之前，都會和對方的家屬溝通一下，聽聽家屬的意見。每次聽到家屬很卑微地表示，只要讓我們一眼就認得出來就好時，她們的心是刺痛的。怎麼能不盡心盡力，去達成家屬的微薄心願呢？

因遺體多，每個狀況不同，為了能讓遺體在還沒變形或發出異味之前能夠修復好，除了必須接力趕工之外，還要祈禱著上蒼保佑，儘快地找到缺失的部分，讓修復工作順利。

每當看到經過修復的遺體上了妝後，氣色變好了，加上穿著家屬送來的衣服，就像什麼事都沒有發生一樣，整個人變得寧靜安詳時，她們會很安慰，慶幸自己能在亡者的最後一程，做了最完美的服務。

她常說：「修復的工作是修復亡者的傷口，也能療癒家屬的哀痛。」雖然工作很辛苦，但是每一回她都冷靜虔誠地在面對，把對方當作親人，認真地用自己的雙手以及專業的技術，透過不同的動作和對方對話，在對方的信任下，做好每個環節，好讓對方逝如靜葉之美，歡歡喜喜地踏上新的旅程。

那幾天，看到悲慟的家屬們，強忍著多日來的煎熬，陸續地領著經過修復的遺體回家時，她們像完成重要工作般的如釋重擔。她們也很感謝家屬們，在強忍著悲痛的漫長等待中，所給予的包容和肯定。

能夠在艱困的情況下，順利地完成任務是很感恩的。除了祝福往生者一路好走之外，也希望家屬們，在面對失去的同時，能靜下心來，盡快走出傷痛，恢復正常的生活，畢竟日子還是要過下去。

（110.4.2花蓮秀林鄉發生太魯閣號車禍造成重大傷亡）

110.6《講義》雜誌

感謝「全民寫作」

低學歷又務農，想看書又買不起，只好蒐集鄰居作廢的〈聯合副刊〉，裝訂成冊當書讀。它有散文、小說和連載，內容豐富，我喜歡細讀。

某年聯副和「衛視真相電視台藝文夜話節目」合辦「全民寫作」徵文，文長三百字。文章刊出的當天晚上十點，內容會透過影像和聲音出現在電視上。

看到小品被搬上螢幕的創舉，我很震撼。懷著躍躍欲試的心，把筆當鋤頭，把稿紙當園地耕耘，用筆尖撒下希望的種子。

民國八十六年七月十九日晚上十點，拙作〈抹鹽的飯糰〉意外出現在電視上。當音樂響起，主持人宋英小姐以溫潤的語調，賦予了文字生命後，就不斷地跳動在畫面上。它在聲光襯托下，更顯生動精采。

感謝「全民寫作」的創意，讓農婦的心情故事，可以躍上螢幕。

110.8.12，本文應徵聯副慶祝創刊七十週年徵文「想對聯副說」

藏種於農

我生長在南部農家，對植物不管是吃的或觀賞的，都情有獨鍾。婚後雖然移居台北，但每次回娘家時，不僅媽媽會送我一些現摘的蔬果，鄰居的婆婆媽媽們也會順便送我一些，要我幫她們消化掉，否則放壞了可惜。她們除了送我現成的，還會送我一些種子，讓我可在他鄉異地種植，收成時不僅可家用，還可把多出來的分享鄰居。

初春時，我把絲瓜和百香果種子分別埋在陽台的兩邊。沒多久種子就發芽長葉子，然後綠綠的瓜藤默默地一吋一吋往上竄。經過不同的樓層時，它們會攀附在鄰居陽台邊有花架的牆壁上，有的就這樣在二樓、三樓、四樓落壁生根了。之後開始開花結果，沒停下腳步地又繼續往上爬到頂樓，繁衍它們的瓜子果孫。

入夏之後，長長短短的絲瓜掛滿了整棟樓的牆壁，到處翠綠晶亮。看到絲瓜成熟時，我在樓梯口貼了一張紙條，告訴鄰居們：絲瓜經過你家牆壁的，或是你觸手可及的都可以摘，大家一起來分享摘瓜的喜悅。結果鄰居們都很開心，經常可吃到現摘的絲瓜。

當絲瓜開始不再長大、葉子變黃飄落時，果如其名的「滿天星」百香果，已從綠茸茸的圓球變成綠黃顏色，接著轉成紫粉色，上面還有白白的小點點綴在其中。它不僅顏色誘人，還散發著屬於百香果的香氣。由於它結實累累，產量驚人，所以比照絲瓜成熟時的模式，希望每個樓層的鄰居們都可以盡情地享用。

或許是娘家務農的婆婆媽媽們，對農事經驗豐富，所留下的種子也特別精良，適應力強，所以即使南北有溫差，但是它們從不會水土不服，種在都市叢林中，同樣開花結果，讓我享受到收穫的喜悅。

雖然因季節的變化，我每回帶回來的種子都不同，但是每次和左鄰右舍共享瓜果的甜美時，我會覺得農家藏的不僅是種子，還有很濃的風土人情。

109.2.27《聯合報》

說不盡的故事

這陣子因疫情嚴峻，為了防疫，勤洗手、戴口罩成了習慣與必需。儘管如此，單薄的口罩也有用壞的時候，有時戴著戴著，耳線嘣的一聲就斷了，而身上又沒有預備的，真的會很麻煩。

那天上市場採買，就看到一位阿嬤，口罩線斷了不能掛，附近又買不到，只好急忙嗚著嘴巴走路，就怕別人看到。當她和一位站在巷口化緣的師父擦身而過時，被師父看見了。師父連忙叫住她，並從背袋裡拿出一片口罩送給她。在這個關鍵時刻，相信師父的及時相助，會讓她終身難忘的。

無獨有偶，昨天我騎機車經過一座橋時，因橋上風勢非常大，忽然看到一位騎士的口罩被風一吹，就在頭上轉了兩圈之後，掉在河裡去了。這情景讓騎在騎士旁邊的一群人都目睹了。由於那是上班時間，車子又多又快，沒有機會可以停下來。

當我們騎到另一邊橋頭時，正好是紅燈。就在那等綠燈的六十秒時間，有位穿紅衣服的女騎士，趕緊從口袋裡拿出一片口罩，送給剛才口罩被風吹走的那位騎士。當我看到僅用一分鐘，就完成了一場很溫馨的交接儀式，然後大家繼續上路，那如默劇般的精采畫面讓我為之震撼。想想，幾位陌生人，因狹路相逢，發現別人有困難，就樂意伸出援手，不用言語卻那麼自然，讓人性的善良和慈悲展現無遺。

前兩天經過超市時，想順便買些日用品，我看排隊的人很多就回頭走。當我走在巷口時，忽然看到一個阿公，走著走著腿一軟就坐在地上，路人連忙把他扶起來，讓他休息。

走在人生路上就是這樣，經常會發現很多溫馨的風景，既感動又窩心。

110.6.10《人間福報》，本文入選「人生行路」徵文

牛筋草

作　　者／劉洪貞
封面繪圖／鍾麗萍
出 版 者／揚智文化事業股份有限公司
發 行 人／葉忠賢
總 編 輯／閻富萍
地　　址／新北市深坑區北深路三段 258 號 8 樓
電　　話／(02)26647780
傳　　真／(02)26647633
E-mail ／service@ycrc.com.tw
網　　址／www.ycrc.com.tw
ISBN ／978-986-298-389-8
初版一刷／2022 年 1 月
定　　價／新台幣 250 元

國家圖書館出版品預行編目（CIP）資料

牛筋草 / 劉洪貞著. -- 初版. -- 新北市 : 揚智文化事業股份有限公司, 2022.1
面； 公分

ISBN 978-986-298-389-8（平裝）

863.55 111000052